「おー、ようきたなぁ。久々やん」
ビルギット
サルーム王国第二王女。
高い商才を持つ。
アルベルトの前に立つ女性が
俺に向かってニッと笑う。
……誰だっけ。
でもどこかで聞いたような声なのだが

「ウウウ……！」
「ん、どうしたシロ」
突然暗闇に向かってシロが唸り始める。
それに呼応するように
シルファが立ち上がり剣を抜いた。
「何者です。出てきなさい」
「……はい」
暗闇の中、聞こえてきたのは
少女の声だ。
コニー
謎の少女
シロ
アリーゼ

レン
アルベルト

学園生活
開始！
シルファ
ロイド
グリモ
ジリエル

人間VS魔族
しっかりと魔力を練り上げた
火系統最上位魔術『焦熱炎牙』。
魔族に魔術が効かないのは百も承知だが、
それでも十分威力のある最上位魔術なら
目くらましとしての効果は期待できる。

Tensei shitara dainana
ouji dattanode,
kimamani majyutsu wo
kiwame masu.

転生したら第七王子だったので、気ままに魔術を極めます

6

author
謙虚なサークル
illust. メル。

転生したら第七王子だったので、気ままに魔術を極めます6

謙虚なサークル

講談社ラノベ文庫

口絵・本文イラスト／メル。
デザイン／ＡＦＴＥＲＧＬＯＷ

俺はサルーム王国第七王子、ロイド＝ディ＝サルーム。

魔術大好きな十歳だ。前世でしがない貧乏魔術師だった俺は学生時代に貴族に目を付けられ、決闘という名の私刑にあってしまう。

そこで迂闊《うかつ》にも初めて見る上級魔術に見とれてしまい、防御を忘れて命を落とした俺は気づけば転生していたのだ。

転生先は第七王子、王位とは関係ないので好きに生きろと言われた俺は、大好きな魔術を日々研究するという気ままで平穏な日々を送っている。

「いや、毎度毎度無茶苦茶してるじゃねぇですか！」

子ヤギの姿をした魔人、グリモがお茶を淹《い》れながらツッコんでくる。

魔界から来た魔人だが何百年も前に禁書に封印され、城の地下書庫で禁書に眠っていたのを解いてあげたら使い魔になったのである。

俺としては古代魔術を教えて貰《もら》いたかっただけなんだけどなぁ。

「全くです。気ままかもしれませんが平穏とは程遠い日々ですよ」

小鳥の姿をした天使、ジリエルが運んできた本をテーブルに積んではため息を吐く。

以前天界に遊びに行った時、神聖魔術を教えて貰う際に何故か使い魔になったのだ。

どうやら地上に興味があったらしく、女の子を見ればいやらしい視線を送る困ったちゃんだ。

俺としては神聖魔術を教えて貰いたかっただけなんだけどなぁ。

ちなみに二人とも基本的には俺の両掌に取り憑《つ》かせているのだが、小間使いが欲しい時はこうして分離させている。


「ったくよぉ、魔人や天使を小間使いにしやがるなんて、とんでもねぇぜロイド様はよ。だが……へへ、いつかその身体を奪ってやるから覚悟しておけよな！」

「ふふふ、将来の我が身と考えれば多少の世話を焼く程度どうということはありません。ああっ、熱々のティーカップをそんな無造作に触ったら火傷《やけど》してしまいますよ！」

二人は何やらブツブツ言っているが、いつものことなので気にする必要はない。

そんなわけで俺は普段通り読書に励んでいると、コンコンと扉をノックする音が聞こえてきた。

「はーい、どうぞー」

「失礼致します、ロイド様」

扉を開けて中に入ってきたのは銀髪のメイド、シルファと小柄で褐色肌のメイド、レンだ。

剣技の達人シルファ、そして毒を操る能力を持つレン。二人は俺専属のメイドでいつも世話をしてくれている。

「おはよう、こんな朝早くに何の用だ？」

「はい。アルベルト様がお呼びでございます」

「アルベルト兄さんが……？」

第二王子アルベルト＝ディ＝サルーム。俺の兄で顔良し、性格良し、頭良しと三拍子揃《そろ》った完璧イケメンだ。

サルーム王国の最有力王位継承者であり、兄姉の中で一番俺を可愛がってくれている人だ。

半月ほど前にも、魔物たちの大暴走を食い止める為にアルベルトの下で副官として働かせて貰ったのである。おかげで軍事魔術や血統魔術を知ることが出来て、ホクホクだ。いやぁ持つべきものはよく出来た兄だよな。何の用かわからないが、また何か面白いことをやらせて貰えるのだろうか。

「何か急いでいるみたいだったよ」

「そうか。では行くとしよう」

レンの言葉に頷《うなず》いて返すと、俺はアルベルトのいる執務室へ向かうのだった。

◇◇◇

「アルベルト兄さん、ただいま参りました」

執務室に辿《たど》り着いた俺は声をかけ、扉をノックする。

……が、返事がない。いないのだろうか？　そう思い耳を澄ませてみると、中からは話し声が聞こえてくる。

「入りますよ？　アルベルト兄さ——」

言いかけて扉を開けた俺は室内の異様な雰囲気に気づく。

見ればアルベルトが床に座らされていた。

俯《うつむ》いたその横顔には何とも悲痛な表情が浮かんでいる。

……見てはいけないものを見てしまったかもしれない。思わず扉を閉めようとした時である。

「閉めんでええ、中に入りや。ロイド」

重苦しい部屋の雰囲気とは真逆な明るい声に名を呼ばれた。

流石《さすが》に聞かなかったことには出来ず、俺は室内に入る。

「おー、ようきたなぁ。久々やん」

アルベルトの前に立つ女性が俺に向かってニッと笑う。

黒い唾折帽子にサングラス、金のイヤリングにタイトなスカート。黒いジャケットを羽織り、その背中には虎の刺繍《ししゅう》が描かれている。

……誰だっけ。でもどこかで聞いたような声なのだが。

俺が困惑していると、シルファがこっそりと耳打ちしてくる。

「ロイド様、ビルギットお姉様でございます」

「……あ！」

俺が小さく声を上げると、目の前の女性はサングラスを下げ、帽子を取った。

やや癖の付いた美しい金髪がふわりと肩を撫《な》で、丸っこい目が俺を捉える。

「やーっと思い出したようやな。変装してたとは言え気づかれへんなんて、お姉ちゃんは悲しいわ」

「あーその……ごめんなさい、ビルギット姉さん」

「んむ、許す」

満足げに頷く女性を見て、グリモが念話で話しかけてくる。

「また見たことのない姉君ですな」

「あぁ、サルーム第二王女、ビルギット＝ディ＝サルーム。幼い頃から転売に株、先物取引に精を出し、あっという間にこの国の商会全てを支配下に置いたすごい人だよ」

生まれてすぐに金貨を握って離そうとしなかったとか、宝石をおしゃぶり代わりにしていたとか、様々なエピソードが残されているまさに金の申し子で、特にいち早く紙幣の導入した手際は他国でも高い評価を受けている。

ビルギットの作った紙幣は偽造不可能と言われており、その特許やら何やらでとんでもない利益を叩《たた》き出しているとか。

サルーム長者番付ぶっちぎりの一位で、その資金力の恩恵を受けサルームは急速な発展を遂げたとすら言われている。

変わった言葉遣いなのも、世界各地を回りすぎて言葉が混ざってしまったからだとか。

……アルベルトの受け売りだけど。

「ふぅむ……眼鏡を外すと美少女という王道ギャップ！　そして方言っ子というのもいい！　流石はロイド様の姉君、大したものですね……」

ジリエルは恍惚《こうこつ》とした顔でブツブツ言っているが、いつものことなので放置しておこう。

「それにしても今回は意外と早く帰ってきましたね」

この人は当然のように忙しいので、数年に一度くらいしか帰ってこないのだ。しかし今回は最後に帰ってから一年経ってない気がする。

「一年前って割と最近じゃねぇですか……」

「たった一年会わないだけで忘却の彼方《かなた》とは……」

グリモとジリエルがドン引きしているが、そんなに会わない人のことを覚えていても仕方ないではないか。

俺の記憶容量は有限なのである。

「理由はまぁ色々あるけど、一番はあれやな。ほれ、ちょっと前にあった大暴走《スタンピード》」

――大暴走《スタンピード》、半月ほど前にサルームを地を埋め尽くす魔物の群れが襲った大事件だ。国が亡ぶ、なんて言われる程の危機だったが、第一王子シュナイゼルと第一王女クルーゼ率いるサルーム全軍による決死の防衛の末、何とか撃退したのである。

「ウチは忙しくて帰れんかったけど、その分よーさん金を出して援助したんよ。アルベルトの要請を受けとったからな」

ビルギットはアルベルトを見下ろし言葉を続ける。

「兵站《へいたん》、武具の修繕費、兵士たちの特別給与……その他諸々締めて一千億G$《グランドル》！　弟のよしみで貸してたけどな。寝ても覚めても返しにくる様子があらへんから、こうして取り立てに来たんや」

「貸し？　さっき援助と言ってませんでした？」

「何言うとんねん。いくら兄弟でもウチの命より大事な金をただでポーンと渡せるはずがないやろ。無論、貸しや。弟のよしみで無利子無担保にしたったけど、本来なら十日で二割の三十日計算で千七百二十億八千万、諸経費加えて合計二千億G$になっとるところやで」

うんうんと頷くビルギット。

「二千億って……半月で倍になってるじゃねぇですか！　しかも諸経費鬼すぎですぜ！　何にそんな掛かってるんだよ！」

グリモが突っ込みたくなるのも無理はない。

額が多すぎて一応王子である俺にも全くぴんと来ていない。

ちなみに一般兵士の給料は一ヵ月に三十万G$くらいだったか。……比較対象が小さすぎてやはりよくわからないな。

「ふっ、金に縛られるとはやはり人間は愚かですね。これがビルギットたんでなければ裁きを下していましたよ」

ジリエルは何やら頷いている。

……しかし妙だな。以前アルベルトが大暴走対策に掛かる経費の試算額をチラッと見たが、それでも八百億くらいだった気がするし、それが多少増えたところで返せないはずがないと思うのだけれども。

「ロイド様、こちら数日前に出来上がった大暴走時の決算書でございます」

シルファが差し出した紙を見て俺は目を丸くする。

そこには試算を大きく超える額、1と8の文字の後、0が十個が刻まれていた。


「一千八百億⁉　試算の倍以上じゃないですか！」

「つまりは試算が大甘っちゅーことや」

俺の声に被せるようにビルギットが言う。

「アルベルト、あんたが丸投げしたピドーナ商会な。あそこは確かに大手やけど、雑に下請けに出す上にとんでもない中抜きをしよるから最終的に掛かる費用は半端やない。そこが出した下請けも最悪やな。ゼラック武装船団は確かに大量の貨物を運べるけど、海を挟むからその分、金もかかる。ギャレー傭兵団《ようへいだん》も数だけで弱兵揃いやし、ボリンダ食品は何度も食中毒を出しとる上にそれを金でもみ消しとるとんでもないトコや。本来なら足ィ使って比較しろと言いたいけど、そうもいかんならドンファ商会辺りに依頼を出しとけばよかったな。あそこはまだ良心的や。どちらにせよ方向性くらいは決めとかな、向こうも対処しづらいねん。なんにせよ丸投げはアカンで。他にも──」

怒気を強めながらビルギットはしゃべり続ける。

早口にもかかわらず、不思議と頭に入ってくる語り口だ。これも商人としてのスキルというやつだろうか。

長々と語った後、ビルギットはおもむろにアルベルトを睨《にら》みつけた。

「人から借りた金をそないに適当に使っとるような奴が、国民の税金を最大限有効に利用出来るんか。ったく王族としての自覚が足りんで！」

「……申し開きもございません」

アルベルトが小さな声で答える。

「うーむ、めちゃくちゃキツい人ですな。ビルギット姉君は。まぁ一千八百億だからわからなくはねーけどよ」

「えぇ、あのアルベルト兄君が何も言い返せていません。ですが多少罵られたい気持ちも……ハァハァ」

グリモとジリエルがビルギットを見てドン引きしている。いや、ジリエルは喜んでいる気がするが……ともあれアルベルトにはいつも世話になっているし、ここは助け舟を出した方がいいか。

「あの、ビルギット姉さん」

俺は僅かに出来た言葉の隙間に、手を挙げて割り込む。

「今回の大暴走への対応、アルベルト兄さんは本当によく頑張ったと思います。準備期間から戦後処理の今まで、殆《ほとん》ど休まず駆け回っていました。アルベルト兄さんだからこそ、これだけの額で済んでいるんです。あの場にいなかったビルギット姉さんにそこまで言われる筋合いは……」

「──ロイド」

今度はアルベルトが俺の言葉に割って入る。

「ありがとう。だがビルギット姉上の叱責は尤《もっと》もだ。上に立つ者は皆の納得いく行動を取らねばならない。物事は結果が全てだ。精一杯頑張りました、では済まないのさ。民の血税を預かる者としてその運用には細心の注意を払うのは当然のこと。普段から世間の情勢に目を向けていればこんな失態を演じることはなかった。それに……」

アルベルトはウインクを一つして、声のトーンを落とす。

「ビルギット姉上は教えてくれているのさ。具体的にどの商会と取引をするのがいいのかをね。これだけの情報、世界を飛び回ってきたビルギット姉上にしか分かりはしないだろう。厳しく見えるけど、本当は優しい人なんだよ」

「あ……」

そういえばビルギットの説教には、合間合間に様々な商会の特徴が挟まれていた。

どこを見て、どう取引をすればいいのか、そんな話も交えてだ。

俺たちのコソコソ話に気づいたビルギットがやれやれとため息を吐く。

「……ふん、相変わらず聡《さと》いなアルベルトは。まーそういうことや。時期王位継承者第一候補とまで言われとるんやし、この位は当然知っとかなアカンやろ」

「ごもっともです」

うーん、あれだけの仕事をしてもこんなに厳しく言われるのか。大変だなぁ。

気ままな第七王子でよかったと言ったところか。

そんなことを考えていると、レンが耳打ちをしてくる。

「……ねぇロイド、ところでボクたちどうして呼ばれたんだっけ？」

完全に忘れていたが、アルベルトに呼ばれて来たんだった。

俺が思うのとほぼ同時にビルギットが手を叩く。

「おー、完全に忘れとったわ！　ロイド、ちょっとこっち来いや」

「レンとシルファもだ」

ビルギットとアルベルトに手招きされ、俺たちは顔を見合わせた。

不思議がる俺たちを見てビルギットはニヤリと笑う。

「三人を呼び出した理由は他でもない。アンタら——ウィリアム学園に通うつもりはあらへんか？」

「ウィリアムというと……あのウィリアム総合学術園のことですか？」

「せや、よー知っとるやないの」

それはもう、知らいでか。

ウィリアム総合学術園と言えば世界最高峰の学び舎だ。

魔術師の祖ウィリアム＝ボルドーの設立した学園で、そこでは魔術のみならずあらゆる学術が日夜研究されている。

武術、占星術、航海術、薬術、工学術……それらのエキスパートと言える人材が世界各地から集まりしのぎを削っているのだ。もちろん魔術も然《しか》り。

まさに英知の集結点、学術の極みとも言える場所だ。

いつかは俺も、なんて考えていたがまさかこんな機会が来るとは……持つべきものは優秀な姉である。

「実はあの学園にはウチもそれなりの額を出資しとってな。その繋《つな》がりで講演を頼まれたんよ。で、そん時に係の者と『いい生徒がおらんかなー』ちゅう話をしてな。それやったらとアンタらをウチから推薦したんや」

「ボクたちを、ですか……？」

レンが驚くのも無理はない。

ウィリアム学園に入学出来るのは国籍、人種、年齢を問わず、ただし非常に優れた者のみである。

いくら王侯貴族であっても十分な能力がなければ入れないという由緒正しき学園なのだ。

「んむ、アンタらのことはウチの耳にもよー届いとるで。レンはかつては魔力異常分泌者《ノロワレ》と呼ばれながらも薬学の研究に励み、高い見識から現在進行形で沢山の薬剤を発明しとる薬学界の若きホープと期待されとるらしいな」

「そ、そんな。ボクなんて……」

恥ずかしげに俯くレンだが、実際よくやっていると思う。

毒を撒《ま》き散らすノロワレ『毒蛾《どくが》』などと蔑まれていた過去を持ちながらも、今は魔力制御の訓練を毎日欠かさず行い、毒を制御し薬までも生み出せるようになったのである。

俺がこっそりと発表の場を設けることでレンの研究はさらに練度を増している。

もちろん日々のメイド業務も怠ることなく、だ。

「レンはすごいよ。学園でも見劣りはしないだろう。俺が保証する」

「ロイド……」

俺の言葉にレンは頬を赤らめている。

レンが学園に行けば更なる成長が見込めるだろう。ひいては俺の力となる。通わせてくれるなら是非もない話だ。

「それにシルファ、アンタの剣術の腕はわざわざ言う必要はないな。けど世間ではイマイチ名が売れとらん。メイドに精を出してるせいやろうけども。由々しき事態や」

「私は全く構いませんが」

「ウチが構うねん。せっかく凄腕美女メイド剣士なんて濃ゆーいキャラをしとるんや、もっと上手く売り出せば、ええ広告塔になれるのに……ホンマに勿体《もったい》ないわ」

「は、はぁ……」

ビルギットがしみじみ頷くのを見てシルファはやや引いている。

「キャラ……ってどういう意味ですか？　アルベルト兄さん」

「ビルギット姉上は新しい商品を売り出す際に、それに似合う人を並べて押し出しているのさ。イメージキャラクターというやつでね。人が使っている物を見たら欲しくなったりするだろう？　それが好感度の高い人物なら尚更というわけだ」

「あぁ、よくわかりますアルベルト様。私もロイド様のお使いになっている物を見るとつい欲しくなってしまいますから」

「だろう？　いやぁ僕もこの間ロイドが使っているのと同じデザインのティーカップを特注で作らせていてねぇ」

「言って下されればお持ちいたしますのに。ロイド様の品は観賞用、保存用、寄贈用に十セット常備していますよ」

「ふっ、コレクションというのは自力で調達してこそだよ。それにしても客の購買意欲を最大限刺激する方法を熟知しているとは、流石はビルギット姉上と言ったところかな」

二人は何やら不気味な笑みを浮かべながらブツブツ言っている。

一体どうしたのかよくわからないが……これはいい機会かもしれない。

「やってみればいいんじゃないか？　シルファ」

シルファの仕事が増えれば俺に構う時間も減るだろう。

そうすれば日課の剣術訓練も減り、俺もその分、魔術の研究が出来るというものだ。

「ロイド様がそう仰《おっしゃ》るのでしたら」

「おう、しっかり無双してきいや！」

やや不満そうなシルファの背中をバシバシ叩くビルギット。

しばらくそうしていた後、さて、と小さく呟《つぶや》いて俺の方を向き直る。

「そして最後にロイド、アンタの噂《うわさ》が一番デカい」

「お、俺の噂……ですか？」

思わずドキッとして聞き返す。

あまりに目立ちすぎると自由にやれなくなるので、普通の魔術好きくらいの評価になるよう手は尽くしてきたつもりだけれども……ハラハラしながら次の言葉を待つ。

「んむ、魔剣の大量生産から始まり、魔獣討伐の際にアルベルト隊を救い、魔族に乗っ取られたロードスト領の奪回、暴走した教皇から教会を救い、隣国バートラム崩壊の危機回避にも一枚嚙《か》んだらしいな。大暴走の時も大活躍やったらしいやん？　全く、まだ十歳とは到底思えん活躍っぷりやないか」

うーん、大体あってる。

一つ一つは大したことがなくても、積み重なると結構目立っている気がするぞ。

「いや、一つ一つも相当デケェと思いやすがね……」

「というかそれ以上のこともやっておられますよね。それもかなり……」

グリモとジリエルが呆《あき》れている。

いや、アルベルトやシルファに比べればそこまで凄いことではないと思うぞ。

「ええ、本当にすごいんですよ。ロイドの挙げた功績は今の僕と大差ない程なのですから」

「全くです。ロイド様の行いは立派なものばかり。それに剣術指南をさせていただいておりますが、既に私に比肩しようという腕前です。きっと歴史に名を残す人物となるでしょう」

ビルギットの言葉にアルベルトとシルファは嬉《うれ》しそうに何度も頷いている。

……しまった。身近にいる人物が規格外過ぎて、いまいち感覚がマヒしていたかもしれない。

若干ではあるがごく普通の魔術好きから逸脱しつつあるようだ。

うーむ、これからは今までより更に目立たないよう、立ち振る舞いに気を使った方がよさそうだな。

「加えてサルームの頭脳、次期王位継承者第一候補との呼び声高いアルベルトや。まー誰も文句言わん程度には優秀やろ。アンタら四人がウィリアム学園に行くのに文句言う奴なんかおらんやろな」

「ちょ……お待ちくださいビルギット姉上、もしかして僕もウィリアム学園で学ぶのですか？」

　大笑いするビルギットにアルベルトは問う。

「そう言うたつもりやけど？」

「し、しかし僕は政務を執り行わねばならない身です。そんな長期間、城を離れてしまっては……」

「心配は無用だぜ。アル兄」

　扉を開けて中に入って来たのは褐色肌の第四王子、ディアンだ。

「あぁ、アルベルトのいない間は吾輩《わがはい》たちが仕事を代わろうではないか」

　その後ろには恰幅《かっぷく》の良い第三王子、ゼロフが佇《たたず》んでいる。

　二人は以前、巨大ゴーレムを作る際に世話になったのだが、とはいえアルベルトの代わりなんて務まるのだろうか。

　そんなことを考えているとディアンが俺の頭を撫でてくる。

「そんな不安そうに見んなよロディ坊。俺たちだって一応王位継承権を持ってるんだ。それなりの教育は受けてるぜ」

「然り、そういうわけだアルベルト。政務に関しては吾輩たちに任せ、勉学に励んでくるといい」

「ディアン、ゼロフ……すまない。ありがとう」

アルベルトが目を潤ませるのを見て、二人は照れくさそうに笑う。

「へっ、いいってことよ！　アル兄にはいつも世話になってるからな」

「うむ、たまにはこれくらいせねば罰が当たるというものだ」

まぁ何だかんだで二人は優秀だし、アルベルトの留守くらいはどうにかこなすだろう。

アルベルトも同じことを思っているようで、二人に頷いて返す。

「わかった。僕のいない間は二人に政務を任せる。ではビルギット姉上」

「んむ、そうと決まれば善は急げ、さっさと準備にとりかかりや！　出立は午後二時やからな」

「午後二時って……あと一時間ほどしかないですけど」

「つまりは駆け足ってことや。ほれ急ぎや！」

パンパンと手を叩きながら急かすビルギット。

全く、我が姉ながら自分勝手というかマイペースな人である。

「………」

グリモとジリエルが何やら無言で見つめてくるが一体どうしたのだろう。

まるで誰かさんそっくり、とでも言いたげな目だが……ま、気のせいか。

俺は気にせず準備を始めるのだった。

◇◇◇

そして出立の準備は整った。時間にして三十分ほどだろうか。流石シルファ早い。

「よしよし、皆準備が出来たようやな」

城門前の広場に集合した俺たちを前に、ビルギットは満足げに頷く。

「では姉上、馬車を呼んで参りましょうか」

「アホぅ、学園まではめちゃ遠いんやで。馬車なんかで行ったら何日かかると思うとるのん。まーちょっと待っときや。そろそろ来るはず……お、来た来た！　おーい！」

ビルギットが手を振る先、土煙を上げながら向かってくるのは二頭の巨大狼《おおかみ》だった。

「はーい！　お待たせしましたー！」

その背中に乗っているのは、第六王女アリーゼである。

この人は動物と心を通わせることが出来るのだ。

「リル、シロ、止まって頂戴」

「クルゥ……」

アリーゼの言葉でレッサーフェンリルのリルが足を止める。

もう片方、俺の従魔であるシロが俺へと突っ込んできた。

「オンッ！」

「おーシロ、お前また大きくなってないか？」

モフモフの巨大毛玉のような狼、ベアウルフのシロが嬉しそうに俺の顔を舐《な》めてくる。

なんか最近会うたびに大きくなっている気がするぞ。

「というか……リルも大きくなってない？」

レンがリルを見上げながら呟く。

確かに、リルの身体は以前よりも大きくなっているように見える。

「リルとシロはとっても仲良しで、よくじゃれあって遊んでいるのよ。そのたびに少しずつ大きくなっていって気づけばこんなになっちゃったわ。うふふ、これも愛の形の一つね」

　そう言ってのほほんと笑うアリーゼ。

「互いに訓練し合うことで強く大きくなったのでしょうな」

「魔獣の成長は周囲の環境に左右されますからね。良きライバル、更にロイド様の魔力を浴び続けたからこそでしょう」

　グリモとジリエルが感心している。

　大量の魔力を有する魔獣は周囲の環境に応じて成長する。これからも大きくなるんだろうな。

「おー、よう来たなアリーゼ。待っとったで」

「……なるほど、リルとシロに運んで貰おうというわけですか。確かにこの二頭なら我々を素早く運べるでしょう」

　納得したように頷くアルベルト。

　シロたちの足は半端じゃなく速いからな。大きくなったしこの人数も運べるだろう。

「せや。折角魔獣なんて便利なモン飼っとるんやし、こんな時こそ働いて貰わなアカンやろ。ほれほれ、何を見惚《みと》れとるんや。はよ乗らんかい」

「ははは、ビルギット姉上にとっては恐ろしい魔獣もペット扱いですか……ではお世話になるよ。リル、シロ」

「クゥ」

アルベルトがリルを撫でながら、その背中に乗る。

「頼むぞシロ」

「オンッ！」

俺たちもそれに続き、シロの毛の中に潜り込むのだった。

◇◇◇

「わぁ！　はやいはやーい！」

高速で流れていく外の景色を眺めながらレンは歓声を上げる。

シロの毛の中で微風結界を展開し、俺たちはその中でくつろいでいた。

「はしゃぎ過ぎですよレン、はしたない」

「はーい」

シルファに注意され、レンはちょこんと座る。

以前はレンにもっと厳しかったが、最近はしっかりしてきたこともあり外では若干緩めだ。

「しかしもうゴルーゲン峡谷に辿り着いてしまうとは。かなりの速度でございますね」

「あぁ、この調子なら本当に半日あれば学園まで着きそうだな」

「えーと……ごる……？」

首を傾《かし》げるレンを見て、シルファはため息を吐きながら地図を取り出す。

「ゴルーゲン峡谷です。ほらここ。サルームの東に谷が広がっているでしょう」

「わ、ホントだ！　広っ！」

地図を見て驚くレン。ゴルーゲン峡谷は百キロ以上続いていると言われる大峡谷で、旅の難所百選にも数えられている程だ。

「しかもここには翼竜《ワイバーン》が出る為、橋を架けられません。故に慣れた高ランクの冒険者を傭《やと》い、ごく一部の起伏が緩いルートを通り抜けるしかない。そんな険しい道なのですよ。……こほん、もちろん私どもがいる限り、ロイド様には指一本触れさせませんが」

「オンッ！」

シルファの言葉に呼応するようにシロが吠《ほ》える。

ワイバーンと言えば魔物の中でも最強である竜の一種だ。

その鱗《うろこ》は強靭《きょうじん》で、あらゆる武器を弾《はじ》き魔力すら効かないといわれている……どれくらい硬いのだろう。試してみたいなぁ。

「いやいやいやいや、ロイド様の魔力の前ではワイバーンの鱗なんて紙同然、ゴブリンの皮膚と大差ないですぜ」

「その通りです。そこらの凡百魔術師とご自身を比較するのはおやめ下さい。世界が危ないですので」

グリモとジリエルがツッコミを入れてくるが、流石に大袈裟《おおげさ》というものである。

いくらなんでもワイバーンとゴブリンが同じってことはないだろう。

そんなことを言ってると、シルファが不意に立ち上がる。


「噂をすれば、ですよ」

結界から外を覗《のぞ》くと、シロの前方に無数の翼竜が群れを成して襲ってくるのが見えた。

おおっ、これはまた丁度いいところに。これだけ数がいれば、ちょっとくらい俺が実験台にしても気づかれはしないだろう。

そう思い魔術を紡ごうとしたのだが……

「ロイド様、外に出て迎撃致します。結界を解除して頂いてもよろしいですか？」

「う、うん……」

シルファに邪魔されてしまった。残念無念。

渋々パチンと指を鳴らして結界の一部を解除すると、シルファが外へ飛び出した。

「なんと、結界を展開しつつその一部のみを解除するとは……流石はロイド様でございます」

シルファが何やらブツブツ言いながら、シロの毛の中に腕を突っ込んだ。

そしてゴソゴソ弄《まさぐ》っていたかと思うとおもむろに腕を引き抜く。

——その手に握られていたのは鉄塊を思わせるような巨大な黒剣。

シルファはそれを軽々振り回しながら、肩に背負う。

「大剣はあまり得意ではありませんが……下級とはいえ相手は竜種、並の剣では刃が通らないでしょうからね」

剣を背負ったままのシルファから殺気が漲《みなぎ》り始める。

背負ったのではなく、あれは既に構えなのだ。

「あ、あれはディアン様の工房にあったやつ！」

「ええ、出立前に頂いた物です。竜を狩るなら必要だろうと」

俺も見たことがある。以前ゴーレム用の大魔剣を製作した際の試作品だ。

あんなデカい剣を誰が使うのかと思っていたが、まさかシルファが使うとは。

「いきます。——『竜殺し』」

そう言ってシルファは剣に括り付けていた鎖を外す。

抜き身となった『竜殺し』、その刀身が鈍い光を放つ。

手にした剣を全身を捻るようにして振るう。

その剣速にて咆哮《ほうこう》のような轟音《ごうおん》と共に斬撃が空気を切り裂いて、飛ぶ。

まず先頭のワイバーンが真っ二つに切って墜とされた。

その後方にいたワイバーンも両断され、吹き飛ばされ、次々と墜ちていく。

「ラングリス流大剣術、竜墜断」

ワイバーンの群れを一刀のもとに切り墜としながら、シルファは呟く。

うーむ、飛ぶ斬撃を生み出すには凄まじい剣速が必要で、その難易度はとても高いのだ。

それをあんな巨大な剣で軽々撃つとは……やはりすごいなシルファは。

「ふっ、シルファたんの剣に恐れをなしたワイバーン共が逃げていくようですな」

「馬鹿野郎、まだ何匹か向かってきてるぞ！」

先刻の攻撃でもまだ戦意を失わなかったワイバーンが数匹、こちらに突っ込んでくるのが見える。

よーし、今度こそ俺が……と思い魔術を紡ごうとした時である。


「ガ……ァ……!?」

呻《うめ》き声を上げながらワイバーンが地面に墜ちた。

白目を剝《む》いて口から泡を吐いている。

俺の隣ではレンが目を細め、魔力を紡ぎ外部へと放出していた。

「おおおっ！　あれは『毒鱗《どくりん》の翅《はね》』！　周囲に展開した鱗粉《りんぷん》を吸った者は瞬く間に失神、昏倒《こんとう》するレンたんの必殺技ですよ！」

ジリエルが興奮気味に声を上げている。

バタバタと墜ちていくワイバーンを見ながら、俺は肩を落とす。むぅ、また獲物を取られてしまったか。

「……なんかその、ゴメン」

「いいよ、それより腕を上げたなレン――」

「きゃあああああっ！」

レンを適当に誉めていると、アリーゼの悲鳴が聞こえた。

見ればアルベルトたちの乗るリルに、ワイバーンが群がっているではないか。

「た、大変！　アルベルト様たちが乗ってるリルが襲われているよ！」

「くっ……ここからだとレンの毒や私の剣では巻き込んでしまいますね……かくなる上は飛び移ってでも……」

「危ない！　シルファさんっ！　こんな速度で走っているのに無茶だよ！」

よし、二人は手を出せないようだ。

今こそワイバーンの鱗の耐久力を試す時。

くれぐれもバレないように、こっそり、軽ーく……魔術を発動しようとしたその時である。

「きゃんっ、もう……おイタが過ぎますよ。貴方たち。うふふっ」

間延びしたアリーゼの声が聞こえてきた。

よくよく見ればワイバーンの目はアリーゼに釘付《くぎづ》けになっており、甘えるような鳴き声を上げながらまとわりついている。

「……懐いてるね」

「……懐いていますね」

その様子を見て、レンとシルファは呆然《ぼうぜん》と眺めている。

そういえばアリーゼは動物に好かれやすいのだった。

とはいえ襲ってきたワイバーンを速攻寝返らせてしまう程とは……頼もし過ぎるな。

しかし何が旅の難所百選だ。全く、それならそれらしくして欲しいものである。

◇◇◇

「オンッ！」

シロが元気良く吠えながら、軽快に峡谷を降《くだ》っていく。

その横をリルも負けじと駆け降りていた。

かなりの急斜面なのに二頭とも臆するどころかすごく楽しそうである。

「それにしても、ワイバーンが全く出て来なくなりましたね」

「アリーゼ姉さんが懐かせちゃったからなぁ」

どうやらアリーゼがワイバーンを説得、更に他の群れたちにも襲ってこないよう伝えさせたらしい。

つまらん。俺も実験したかったのに。

「おーいロイド、そろそろ日が暮れるから休む準備をしよう」

「はーい！　わかりましたー！」

アルベルトの指示で俺はシロの足を止める。

峡谷の下には水が流れており、夜を明かすには丁度良さそうだ。

「お疲れ様だったわね。リル」

「クゥ！」

アリーゼが労《ねぎら》うが、リルはまだまだいけると言わんばかりに尻尾を振っている。

むしろアルベルトたちの方が疲れ顔だ。意外と動かないのもしんどいものである。

走り通しだったからな。俺も少し疲れたぞ。

「ロイド様、どうぞお座りください」

俺が腰を下ろそうとすると、シルファがどこからともなく椅子を差し出してきた。他の皆たちの椅子、テーブル、ティーカップも手早く用意している。

「皆様お疲れでしょう。こちらは薬膳茶でございます。疲れが取れますよ」

「へぇ、いい味じゃないか」

アルベルトが上品な仕草でティーカップに口をつける。

俺も飲んでみる。……ふむ、いつものと少し違うな。

「あの、道中で疲労回復に効く薬草が採れたので煎じてみました。そのままでは味にエグみがあったので、香草を混ぜて匂いを緩和してみたのですが……如何《いかが》でしょう？」

レンがたどたどしく言う。そういえば小休憩の際に草むらに入っていたな。あの時に摘んでいたのか。

言われてみれば身体がポカポカしてくる気がする。

「美味しいよレン」

「うん、僅かな酸味が癖になるね」

「ええやん。身体の疲れが取れるようやで。おおきにレンちゃん。……これ、売れるな」

「は、はいっ！」

アルベルトとビルギットも気に入ったようで、思い思いに茶を飲み干していく。

「もちろん、お食事も用意しておりますよ」

シルファの言葉に視線を向けると、奥のテーブルには沢山の料理が並んでいた。

いつの間に用意したのだろうか。さっきまで何も載ってなかったはずだが……手品かな？

「おー、丁度腹も減っとったんや。流石はシルファ、気が利くなー」

「もったいないお言葉でございます」

ビルギットの労いの言葉にシルファは頭を深々と下げる。

俺も腹が減っていたのでありがたい。

そんなわけで俺たちは料理に舌鼓を打つのだった。

「ふー、食った食ったぁー」

ポンポンと腹を撫でながら、ビルギットは椅子にもたれかかる。

食事をしている間に辺りはすっかり日が暮れており、遠くでワイバーンの鳴き声が聞こえていた。

「この分だと明日には着きそうだね」

「まー早い分にはええんとちゃう？　それだけ勉強する時間が増えるわけやし」

「こんなに長い間城を空けるのは初めてだから不安だよ。ディアンたちはしっかりやっているだろうか……」

不安そうなアルベルトだが、まだ出発して半日も経ってないぞ。

結構心配性なんだよなぁこの人は。

「ウウ……！」

「ん、どうしたシロ」

突然暗闇に向かってシロが唸《うな》り始める。

それに呼応するようにシルファが立ち上がり剣を抜いた。

「何者です。出てきなさい」

「……はい」

暗闇の中、聞こえてきたのは少女の声だ。

シルファの声にも物怖じしていない、落ち着いた声と共に出てきたのは小柄な少女。

鮮やかな緑髪をボブカットに切り揃え、丸眼鏡の下のくりっとした目でこちらを見ている。

作業着のような衣服にショートパンツを穿《は》き、大きなリュックを背負っている。

表情から見える感情の色は薄く、いまいち何を考えているのかわからない。

「ふぅむ、顔立ちは悪くありませんが少々野暮ったいですね。あのむさ苦しい恰好《かっこう》がどうにも……いや、男装と考えればギリいけるか……？」

「お前、女ならだれでもいいわけじゃなかったんだな……」

ジリエルが何やら呟いているのを見てグリモが引いている。

ともあれその場に立ち尽くす少女を見てアルベルトが言う。

「シルファ、その子が怖がっているだろう。剣を下ろしてあげなさい」

「はっ」

アルベルトの命を受け、シルファは剣を納めた。

少女は大して気にしてなさそうに頭を下げる。

「ウチのメイドがすまないね。僕はアルベルトだ。君は？」

「私はコニーと申します。あ、本名はコーネリアって言うんですけど、皆はそう呼んでいます」

「コニーちゃんか。いい名前じゃないか」

「ありがとうございます」

アルベルトの微笑みにコニーと名乗った少女はもう一度頭を下げる。

なんと、あのイケメンスマイルに頬の一つも赤らめないとは大したものである。

「君、もしかしてウィリアム学園へ向かっているのかい？」

「はい。あなた方もですよね？」

「あぁその通りだ。まぁこんなところにいる時点で、それ以外ないよね。ということは僕たちは学友になるというわけだ。ここで会ったのも何かの縁、よかったらここに座ってゆっくりしていかないかい？」

「えと……ではお言葉に甘えて……」

アルベルトに促されるまま、コニーはちょこんと椅子に座るのだった。


「出身は？　その恰好からして南の方っぽいけれども」

「リミアディ地方です。アルベルトさんたちはサルームからでしょうか」

コニーの言葉を聞いた瞬間、アルベルトの顔色が変わる。

「サルーム王国のアルベルト第二王子、ですよね？」

更にズバリ言い当てられ、苦笑を浮かべる。

「参ったな。隠すつもりはなかったのだけれども……まぁうん、その通りだよ」

「やっぱり……そちらは経済界を司るビルギット第二王女、魔獣と心を通わすアリーゼ第六王女、そして魔術が好きすぎてヤバいロイド第七王子」

リミアディといえばこっちでは殆ど情報が届かないような遠国なのに、アルベルトやビルギットはともかく下位の王子である俺やアリーゼをよく知ってるな。

でもよかった。やはり世間一般では俺は魔術好きくらいの認識のようである。思ったより目立ってはいないようだ。


「いやいや、ヤバいっていってたじゃないっすか」

「普通の魔術好きとは全く、微塵《みじん》も言っていませんぜロイド様」

グリモとジリエルがツッコミを入れてくるが、そんなことはないと思う。思いたい。

「……あ、敬語忘れてました。ゴメンなさい」

「気にしないでくれたまえ。学園には王侯貴族も数多く通っていると聞く。そして学園生徒は地位身分を笠《かさ》に着て威張るような真似は禁じられている。僕も君も同級生なのだから砕けた言葉遣いで構わないよ」

「ありがとうございます。アルベルトさん」

「あはは……君、中々肝が据わっているなぁ。ともあれよろしく、コニー」

アルベルトはコニーの手を取り、握手を交わす。

「そうだ。ここで会ったのも何かの縁、よかったら僕たちと一緒に学園まで行かないかい？　女の子が夜道は危険だろう。しかも魔物の出る危険な場所だ」

「……うーん、お心遣いは嬉しいのですが一人で大丈夫です。では私はこの辺で」

そう言ってぺこりと頭を下げ、コニーはその場を後にするのだった。

「あーあ、フラれてもうたなアルベルト。サルーム一の色男が聞いて呆れるやん？」

「誰が色男ですか誰が。……しかし大丈夫かなぁ。女の子が一人で心配だよ」

「ここまで一人で来たのですからそれなりに腕は立つはず、心配は無用でございましょう。それに王族が相手では向こうも気を使うでしょうしね」

ビルギットが茶々を、シルファがフォローを入れる。

コニーはあまり気にしている様子はなかったが、知らない人がいたらやりたいことも出来ないからな。その気持ち、よくわかるぞ。

「ロイド様は周りに人がいても好き放題やってるじゃないっすか……」

「いや、ロイド様はこれでもかなり自重しておられるのだぞ。いつも人目を気にしておられる」

「あれで……？」

「あれでだ……」

グリモとジリエルが生暖かい目を向けてくるがそれよりも、だ。

「あの子、全然魔力を感じなかったね」

レンの言葉に頷く。

そう、コニーからは全く魔力を感じなかったのだ。

普通の人間にも魔力はあり、身体から微弱に垂れ流されているものだ。

魔術師はそれを術式で操り魔術を行使し、レンのようなノロワレは術式を介さず直接魔力を用いて現象を引き起こす。

ということは考えられることは一つである。

「恐らくシュナイゼル兄さんやクルーゼ姉さんと同じ体質なのだろう」

即ち、魔宿体質である。

魔力を全て身体能力に持っていかれた結果、魔術が使えなくなった代わりに異常なまでの身体能力を持つようになる特異体質だ。

しかしそれならもっと身体がゴツくなるはず、小柄なコニーにシュナイゼルたちのような強さがあるとは到底思えないのだが……まぁ一人でワイバーンだらけの峡谷に来ているのだし、きっと普通に強いんだろうな。

「さ、良い子ははよう寝んとな。明日は早いでー」

「はーい」

ビルギットの号令で俺たちは眠りに就くのだった。

◇◇◇

朝早くから走り続け、昼前には街が見えてきた。

高い城壁の向こうに見えるのは天高く聳《そび》える巨大な建物。

「うわぁー、あれがかの有名なウィリアム学園ですか！」

本に載っていた通り、ものすごく高い塔だ。

初めは普通の建築物だったが、研究の為に上へ上へと増設を重ね、あのような塔の形状になったらしい。実際に見ると感激である。

「それにしても妙に早く着いたな。幾らシロたちが速いと言っても、数日はかかると思っていたのだが……」

アルベルトの独り言に思わずドキッとする。

実は移動中、ちょいちょい皆の目を盗んでは空間転移でショートカットしていたのである。早く着きたくてつい……バレない程度の短距離ではあったが、結構連発していたので実際に走った距離は半分くらいだったかもしれないな。

「はよう着いた分には何でもええやん。ほれ、城門見えてきたで」

「むぅ……まぁそうですね」

ほっ、ビルギットが細かいことを気にしない性格で助かった。

胸を撫で下ろしている間にも学園の門前へと辿り着く。

「ふー着いた着いた。ありがとうなリル、シロ」

「いたた……座りっぱなしで腰がバキバキやで。あとでマッサージ頼むわシルファ」

「はっ、承知いたしました。……ロイド様も一緒に致しましょうか？」

「俺は大丈夫だよ」

ワイワイ言いながら二頭の背中から降りてくる俺たちを、門番たちは茫然《ぼうぜん》と眺めている。


「一体この騒ぎは何事かのう」

そんな中、塔の中から大柄の老人が出てきた。

学士帽を被り、白髭《しらひげ》を蓄え、目元は長い眉毛で隠れている。

「おー、シドー学園長やないですか。お久しぶりですなー」

「これはこれはビルギット君、よう来てくれたのう。歓迎するぞい」

二人は歩み寄ると握手を交わす。

へぇ、この人が学園長か。優しく温厚そうなお爺《じい》ちゃんといった風貌である。

それにしてもどこかで見たことがあるような……はて。


「道中大変だったろう。お父上は元気かいのう？」

「そらもー、ぴんぴんしてはりますよー元気なだけが取り柄ですさかい」

「そうかそうか。お互い忙しくて中々会えんが、また酒でも酌み交わしたいもんじゃ」

うんうんと頷くシドー。……あ、そうだ。思い出した。

何年か前、半ば無理やり参加させられた集まりで父王チャールズと仲良さげに話していた老人である。

そんなことを考えていると、アルベルトがこっそり耳打ちをしてくる。

「シドー学園長は父上と御学友なんだ。何でも若い頃は夜に集まって酒盛りをしていたとか、実験と称して無茶をやったとか……若気の至りと笑っていたよ。いわゆる親友……というよりは悪友といった感じなんだろうな」

そう言って苦笑するアルベルト。ふと、シドーがどこかに行っているのに気づく。

「おお、ロイド君ではないか！　大きくなったのー！」

「わあっ⁉」

いつの間にか背後に回っていたシドーが勢いよく俺を抱き上げた。

俺は高々と持ち上げられ、くるくると回転させられる。ちょ、こら目が回るじゃないか。

「チャールズから話は聞いとるよ。随分優秀らしいな。ウチでしっかり学んでいくといい」

「は、はは……よろしくお願いします……」

目を回す俺を見て、満面の笑みを浮かべるシドー。

「うむうむ、アルベルト君も久しいの」

「ええ、いつぞやは可愛がってもらいました」

「ふむ、それにシルファ君にレン君の話もよく聞いておる。存分に学んでゆくとよい。はっはっは」

豪快に笑うシドーにアルベルトらも顔を見合わせて頷いた。


「それでは皆、私はこれで帰るからお勉強しっかりねー」

「はい、アリーゼ姉さんもお気をつけて」

「迎えに来て欲しい時は手紙を出すから、よろしうなー」

リルの背に乗り走り去るアリーゼを見送り、俺たちは学園の中へと足を踏み入れる。

ちなみにシロは俺についてきている。

一部の学科に入る生徒は従魔の同行は認められているそうだ。

「しかし残念だのう、アリーゼ君も学園に入ればよかったのに。丁度つい最近、新しく従魔科が出来たところなんだが」

残念そうなシドー。アリーゼも誘われていたがあっさり断っていた。

机を並べてお勉強というのはあまり好きではないらしい。そういえばいつも魔獣と遊んでいるよな。

「アリーゼは天才肌過ぎてあまり座学が好きではありませんのでね。……ところでシドー学園長、僕たちは何処に向かっているのですか？」

アルベルトが辺りを見回しながら問う。

俺も丁度気になっていたところだ。門を入ってかなり歩いているぞ。

「うむ、編入の前にまずは君たちの実力を知らなければならんからな。その為の試験を行うのだよ。……おっとここだ」

シドーが立ち止まったのは、沢山の本が並んだ部屋である。

「まずは経済科じゃ。ここはその手の本を集めた書庫での。アルベルト君はここで試験を受けて貰う」

「わかりました。それじゃあ皆、後でね」

「ウチもついて行かせて貰うわ。講演をまかされとる身としてはどんな問題を出すんか気になるしな。アンタらもせいぜい気張りや」

「はい、二人も頑張って下さい」

アルベルトとビルギットに別れを告げ、また廊下を進み始める。

次に止まったのは訓練所のような広場だ。

そこには剣を携えた屈強な男が立っている。

「剣術科。シルファ君はここじゃ。あそこにいる講師と剣を交えてみたまえ」

「承知致しました。それではロイド様もご武運を」

「うん、シルファも頑張って」

相手に怪我をさせないように……と言いかけてやめておく。

まぁ何だかんだでここの先生なんだし、シルファと互角くらいには戦えるに違いない。

……多分。

そしてまた歩き出し、次に立ち止まったのは薬品の並んだ部屋だ。中では白衣の者たちが何やら実験をしている。

「ここは薬術科の研究室じゃ。レン君はここで試験を受けてくれたまえ」

「はい、それじゃあロイド、頑張ってくるね！」

「あぁ、しっかりな」

レンとも別れて俺一人となる。

それにしても一体どんな試験を受けるのだろうか。

胸を高鳴らせながら歩いていると、ひと際大きな部屋の前でシドーが立ち止まる。

「さてロイド君、魔術科の試験会場はここじゃ。入るとよい」

言われるがまま中に入ると、並んだ机の端の方に昨日出会った少女、コニーの姿が見えた。

「コニーじゃないか」

「あ、ロイド君」

あの危険な峡谷で別れた後、俺たちより早く着いていたのか。

幾ら身体能力に優れる魔宿体質にしてもありえない速度である。……一体どんな方法を使ったのだろう。気になるな。

「おや、二人は知り合いなのかね？」

「えぇ……実は昨日、ゴルーゲン峡谷で……」

コニーの言葉にシドーは感心したように頷く。

「ほうほう、あそこを抜けてきたか。二人とも魔術科を志すだけはあって大したものだ。しかしだからといって、試験に受かるかは別問題だがのう？」

ニヤリと笑うシドー、魔術科の試験がどんなものかは知らないが、言い方からして相当難易度が高そうだ。ワクワクするな。

「時にロイド君、君はとてつもない魔力を持っていると聞いておる」

「いえ、それほどでもありませんが……」

グリモとジリエルが嘘《うそ》つけという目で見てくるが、無視だ。

「はっはっは、謙遜は必要ない。私も魔術師の端くれだ。隠しているようだが君からは熟練の魔術師の気配が漂ってきておるよ」

俺は普段魔力を抑えているし結界で隠蔽しているが、熟練の魔術師相手ではある程度気取られてしまう。

それがわかるということはシドーの魔術師としての力量もかなりのものだな。

「熟練どころじゃねぇですがね。俺らですらロイド様の力は測り知れねぇ」

「えぇ、ロイド様の真の実力を測るなど、人間には不可能な話です。この老人も口で言う程理解してはいないでしょう」

グリモとジリエルがブツブツ言っているが、やはり無視する。

それよりどんな試験なのだろう。冒険者ギルドでやったみたいな魔力測定とかだと困るんだけどな。

「ともあれ席に着きたまえ。試験を始めるとしよう」

俺が席に着くと、シドーは咳払《せきばら》いをする。

「おほん、ではまずこれを見るのだ」

そう言ってシドーが取り出したのはびっしりと術式の書かれた一枚の紙。

手に取ってみると、目の前に光の玉が浮かんでくる。

「これは……術印紙か」

術印紙とは、術式化した魔術を写し取る特殊な紙だ。

上位の魔術には空間に描いた術式に魔力を流し込むことで発動するものがある。

簡単なうちは平面で済むが、難しくなるにつれ複雑な立体術式を描かねばならないのだ。

それを魔術書に落とし込むのは非常に難しい為、登場したのがこの術印紙だ。

これに手に触れ、魔力を流し込むことで、立体で描かれた術式を術印紙に刻み込むことが出来るのである。

術印紙を用いた魔術書はとても高価で、サルーム城にもあまりないんだよな。

流石は世界最高峰の知識の園、たかだか一試験で術印紙を使うとは何とも豪華だ。

「試験というのはこの術式問を序節から順々に紐解《ひもと》くというものじゃ。その過程の正確さ、解答速度で君たちの実力を測らせてもらうとしよう」

術式問――つまり未完成の術式を渡し、穴を埋めて完成させろという魔術の知識量を測る問題だ。

「ふふふ、ずば抜けた魔力を持つ魔術師はこの手の細かい制御は苦手な傾向があるからの。まぁロイド君が術式を十分に理解しとれば大した問題ではなかろうが」

ニヤリと笑うシドー。なるほど、空間パズル&迷路要素を組み込んだ術式問って感じか。中々面白そうである。

「あの……待ってくださいシドー学園長」

それに待ったをかけたのはコニーだ。

そういえばコニーは魔宿体質、魔力が全くないんだっけ。これでは試験は受けられないよな。どうするつもりなのだろうか。

「……あれ？　魔力が……ある？」

振り返ってみると、コニーの身体からは魔力が感じ取れる。

おかしいな。あの時は確かに魔力を全く感じなかったのだが……気のせいだろうか。俺の疑問を余所《よそ》にコニーは質問を続ける。

「この術式問、強い魔力を流すと崩壊するようになっていますよ？」

「ふふふ、気づいたようだなコニー君。如何《いか》にもこの術式は無理に魔力を流すと崩壊するように出来ている。……というか容量の関係でそうとしか作れんかったのだがな。まぁ余程無茶な量の魔力を流さん限りはそうはなるまい。安心して試験に挑んでくれたまえ」

二人のやり取りを聞きながら俺はどうしたものかと思案していた。

件《くだん》の球体術式が既に俺の手の中で崩壊しつつあったからだ。

うーん、コニーのことに気を取られていたとはいえ、少々魔力を流しすぎてしまったようである。

しまったな。かなり繊細な操作が必要とされる試験だったようだ。

「っとと、まずいなこのままだと術式の原形すらなくなってしまう」

ならばと咄嗟《とっさ》に発動させるのは抗魔系統魔術『凍魔停結』、これは魔術を発動させる際に宙に浮いた術式をそのまま凍結するというものである。

崩壊しつつあった術式がその動きを止め、何とか全壊は免れた。

ふぅ、危ないところだったな。

「何でも潰せる代わりに発動に手間がかかる抗魔の魔術をあんな一瞬で発動させるとは……今更驚きもしねぇが、相変わらず無茶苦茶だぜ」

「しかもある程度難易度の低い無効化、破棄ではなく非常に繊細な操作が要求される完全停止とは……流石という他ありません」

グリモとジリエルが何やらブツブツ言ってるが、それどころではない。

今ので術式がだいぶ壊れてしまったぞ。参ったな、原形すら留めていない。これでは元々の形を推理するところから始めなければならない。

例えるなら絵とピースがない状態でパズルを組むようなもの。難易度はかなり上がったと言えるだろう。

「……ま、これはこれで面白いか」

俺はそう呟いて、術式問を解き始めるのだった。

そしてしばらく――

「出来た」

静寂の中、俺の後ろにいたコニーが手を挙げる。

と、ほぼ同時に俺の方も完成した。

「俺も」

「む……二人共もう終わったじゃと？　まだ制限時間は半分以上残っとるぞ」

「一応見直しはしたので大丈夫だと思いますが……」

少し自信なさげなコニーだが、それより俺の方が心配だ。

何せやろうとした時には原形が殆ど残っていなかったので、ちょっと……というか大分オリジナルになってしまった。

一応最終節までは紡げたので発動自体はするはずだが、早く確認してすっきりしたい。

「あのー、もう発動させてもいいですか？」

「まぁ待ちなさいロイド君、まずは先に完成させたコニー君からだ。さぁ、術式を発動させてみると良い」

「わかりました……では」

頷いてコニーが術印紙に魔力を流すと、宙に術式が浮かび上がる。

立体化した術式の中を縦横無尽に魔力光が駆け巡り、徐々に光を増していく。

それは最後に術式の上部を飛び出し——爆ぜた。

色鮮やかな花火が咲き誇ると共に、ドンパンと賑《にぎ》やかな音が鳴り響く。

それを見ながらシドーは目を細める。

「ほう……早いだけでなく正確な術式を編み込めておる。見事なものだ。うむ、文句なく合格じゃ！」

ふむ、術式から概要は想像出来たが、やはり光と音で虚像を見せる類いの幻想系統魔術だったな。多分シドーのオリジナルである。

「つーかあの女、術式を起動する際に魔力を使っていやしたぜ」

「ええ、魔力はないはずなのに、一体どこから……それに妙な違和感もありました」

グリモとジリエルが首を傾げている。俺は既に目星はついているが――

「では次、ロイド君やってみなさい」

ともあれ試験だ。俺は言われた通り術印紙に魔力を流す。

すると浮かび上がった球体術式の一部がボコンと大きく膨れ上がり、不安定に波打ちながら様々な色を放ち始めた。

うっ、なんだかヤバそうな予感。

パチパチと火花が爆ぜ、球体術式が唸っていたかと思われた時である。それは一気に膨張、破裂した。

どふん！　と重低音と共に球体術式の下部が弾け、赤黒い『何か』がドボドボと溢《あふ》れ出していく。

「何してんすかロイド様ぁ――――っ⁉」

「さっきと完全に真逆の反応を引き起こしていますよ⁉」

グリモとジリエルがドン引きしている。

うーん、普通に術式を組んだつもりだったんだけどなぁ。どうやら失敗してしまったようだ。

チラッと見上げると、シドーは難しい顔で唸っている。

「むむぅ……これは冗談で組んでいたハズレ演出用の術式……！　悪趣味が過ぎると他の教職員たちに反対され、渋々その上から正答術式を貼り付けておいたがそれを掘り出して再現するとは！　これを発動させるには正答術式を完全に分解した後、バラバラになりほぼ原型を留めていないような術式を改めて組み上げる必要がある。術式への理解と想像力、構成力がなければ不可能。それをこの短時間で……恐るべし才じゃ」

シドーが何やらブツブツ言っている。それよりいいのかダメなのかを早く言って欲しいのだが。

俺がソワソワしているとシドーは大きく息を吐いた。

「よかろう、二人とも合格じゃ。しかも最上級の判定でな。——改めて魔術科へようこそ二人共。中を案内するからついてきなさい」

ほっ、どうなるのとかと思ったが、何とか合格出来たようである。よかったよかった。

◇◇◇

俺たちは塔の階段を登っていた。

といっても足を動かすことはない。

何故ならこの階段、勝手に動くよう術式を組み込んであるようで、何もしなくても上へ登っていけるようになっているのだ。

これは魔道具というもので、それ自体に術式を編み込むことで魔術に近い効果を持つ道具である。

魔力がなくとも様々な働きをする便利な物だ。

この高い塔を歩いて登るのはしんどそうだしな。魔術師であれば『飛翔《ひしょう》』とかで飛べるから関係なさそうだが。

「ほっほっ、驚いたであろう。これほど大きな動く階段は大陸には他にないからのう」

「はい、すごい技術です」

目を輝かせながら自動階段を舐めるようにして見るコニー、その首元でペンダントがキラリと光る。

「そういえばコニーも魔道具を持ってるよね」

「……うん、気づいてた？」

先刻の試験でコニーが魔力を使えた理由、それはあのペンダント型の魔道具から魔力を発していたからだ。

あれは恐らく予め魔力を蓄えることが出来る魔道具だな。魔力の流れが不自然だとは思ったが、魔道具を使っていたなら納得である。

「なるほど、ようやく合点がいったぜ。あの女、妙な出で立ちだと思っていたが魔道具使いってワケか」

「魔道具の中には強力な魔術と同等の力を発揮する物も多々ある。我々より早くここへ辿り着いたのも、あの峡谷を抜けられたのも頷けるというものです」

グリモとジリエルは納得したように頷いている。

ついでに言えばコニーの背負ったリュックには空間系統術式が込められており、中にはかなりの荷物が入っているようだ。

うーん気になる。見てみたい。


「コニー君は優秀な魔道具職人での、その実績から試験の許可を出したのじゃよ」

「しかし私みたいな魔力を持たない者が魔術科を受けてよかったのですか？」

「何の問題もありはない。我が魔術科では純粋な魔力量よりも術式に対する理解を最重視しておる。魔術師というのはあらゆる知識、技術、そして術式を携え世界と繋がる者。魔力を持たずとも君のような優れた者は大歓迎じゃよ」

全く以《もっ》てその通りだと俺は頷く。

魔術師というのは生涯を術式の理解に費やすと言っても過言ではなく、そこに魔力の有無などは大した問題ではない。流石は学園長、良いことを言うな。

「……しかし最近の魔術師は戦いとなるや魔力でのゴリ押しが主流でのう。術式も破壊力に傾倒した単純なものを好むものが増えておる。我が学園の生徒たちにもそうした考えに共感する者が多くてな、ワシら教師としても憂いておるのじゃよ」

はぁ、とため息を吐くシドー。

戦闘中に複雑な術式を操るのはそこそこ手間がかかるからな。

ただ敵を倒したいだけなら攻撃重視の術式に大量の魔力を込めて攻撃した方が何倍も楽だろう。

俺からするとそんなつまらないことをして何が楽しいんだと言いたいが。

「ロイド様は魔力でのゴリ押しはしないっすからねぇ……一応」

「えぇ、結果的にそういった形になることは多々ありますが……」

グリモとジリエルが生暖かい視線を向けてくる。

折角実験したいのに勝手に相手が自滅することが多いからな。

もちろん加減はしているつもりだが、夢中になるとつい……というやつである。

「故にだ。コニー君は気に病むことなく魔術を学び給え。そうして新たな知識を蓄えて、魔術界に一石投じてくれるなら、ワシとしてはこれほど嬉しいことはないとも！　ほっほっほ」

「……ありがとう。学園長」

真摯な表情で礼を言うコニー。今気づいたが、普段は何を考えているかわからないがコニーは魔術のこととなると真剣だ。つまりそれだけ魔術が好きなのだろう。

魔力がないのにあれだけの魔道具を作るのは、相当術式に対する理解がなければ無理だ。

今まで生きてきた時間全てを費やしてきたのだろう。そうでもなければ辿り着けない境地、それほど魔術を愛しているのだ。

そんなコニーの気持ち、俺にはよくわかる。

前世の俺は金も才能もコネもなかったけど、魔術を極めるべく色々手を尽くしたものだ。

そういう意味ではコニーも辿り着いた場所が違うだけで、俺と似たようなものかもしれないな。

あとコニーが作っている魔道具も気になるし、親近感が湧いてきた。

「お互いこれから仲良くしようじゃないか。コニー」

「こちらこそ、よろしくロイド君」

コニーと握手を交わしているのを見て、シドーは微笑ましげに頷いている。

「ほっほっ、さっそく仲良くなれたようじゃの。うむうむ、仲良きことは美しきかな。ワシらの学生時代を思い出すのう。……そうじゃ、よかったら授業風景を見てゆくか？」

「いきます！」

俺とコニーは同時に声を上げる。

実を言うと試験だけでは物足りなかったのだ。

ここではどんな授業をやっているのだろう。どんな生徒がいるのだろう。楽しみだな。

◇◇◇

「着いたぞい。ここが君たちの学び舎《や》じゃ」

シドーが立ち止まったのは、上空百メートルほど登った辺りだ。

石畳の床が敷き詰められた奥には扉があり、シドーが手をかざすと自動で開く。

へぇ、扉にまで術式を埋めているのか。下手したら塔全体がそうなのかもな。

扉の開いたその向こう、足元は変わらず石畳の床だが、壁はなく天井も吹き抜けになっていた。

そこには点数の付いた的が並んでおり、生徒たちがそこを狙って魔術を放っている。

「シドー学園長！　一体何用でございますか？　その二人は？」

俺たちが見ていると、俺たちに気づいた教師らしき女性がこちらに駆け寄ってくる。

「ほっほっ、邪魔をしてすまんの。彼らは今日入ったばかりの転入生じゃ。折角だから授業風景を見学させて貰おうと思ってな。気にせずに続けてくれ」

「は、はぁ……」

教師はシドーに言われ、生徒たちに授業を再開させる。

「それにしても懐かしいな。ああいうの、城でよくやってたっけ」

飛び交う火の玉が的に当たる様を眺めながら呟く。

魔術を的に当てる的当て訓練、かつては俺もアルベルトに頼んでやらせて貰ったものである。

ごく普通の魔術好きを自称する以上あまり派手なことは出来ないから、あくまで普通にだが。

しかし人が魔術を使うのを眺めるというのもまた一興。

生徒たちは優秀で、城の魔術師たちとは比べものにならない腕前だ。流石にアルベルト程ではないけれども……

――パチン、と指を鳴らす音が聞こえたその直後、凄まじい爆発音が響き渡る。

見れば的が全て吹き飛んでいた。全員がざわめく中、一人の少年がつまらなそうな顔で立っている。

「な、何をしているのガゼル君っ⁉」

ガゼルと呼ばれた少年はフンと鼻を鳴らすと、ポケットに両手を突っ込む。

銀髪赤眼、学生服を着崩しており、そこから覗く胸筋は見事に絞り込まれている。

「何って……言われた通りただ火球を撃っただけだぜ？」

長身で見下ろしながら答えるガゼルに、教師は僅かに怯《ひる》みながらも声を荒らげる。

「火球を撃てとは言いましたが、誰が破壊しろと言いました！　そんなことをしたら他の人たちが困るでしょう！」

「ふん、俺には関係のない話だ」

ガゼルは吐き捨てるように言うと、壁にもたれ掛かって目を閉じた。

不遜な態度に教師は顔を真っ赤にしている。それを見たコニーがシドーに尋ねる。

「今のは火球……？　下級魔術であれほどの威力を出すとは、とんでもない魔力ですね……」

「ガゼル＝ボルドー、素晴らしい才能を持つ少年なのだがのう」

「ボルドー……ってもしかして……？」

「うむ、かの大賢者、魔術師の祖ウィリアム＝ボルドーを輩出した名家の子じゃよ」

おおっ、あの魔術の創始者の子孫とな。

そんな凄い人物に会えるとは、学園に来て本当によかったぞ。

「しかも今の魔術、無詠唱か？　普通ならかなり威力が落ちるがそのロスがすごく少なかったな。かなりの腕前だぞ。それに少し普通とは違った気も……面白いじゃないか」

俺がワクワクしている中、シドーは浮かない顔でため息を吐く。

「確かにガゼルの魔術師としての実力は大したものじゃ。しかしあり余る力をひけらかす態度がけしからん。魔術師というのは知の探求者、あらゆるものへの敬意がなければとワシは思う。……まぁそんな奴に憧れる生徒もそれなりにおってのう。ガゼルの真似をして魔力でゴリ押しをする生徒も増えておる。全く嘆かわしいにもほどがあるわい」

見れば他の生徒たちはガゼルに羨望の眼差しを送っているようだ。

まぁあれ程の威力、数十の的を同時に対象とする精密さ、それを無詠唱で見せられたのだ。

魔術を志す者としては憧れるのも無理はないだろう。

半面、ガゼルを問題児扱いするシドーの気持ちも理解出来る。

未熟な者が大きな力を使おうとすると、術式の暴走やら何やらでとんでもない事態を引き起こす可能性が高い。

如何に単純な術式でも……否、だからこそ十分な理解もなしにそれを行使するのは危険なのだ。

例えるなら子供に爆薬を持たせるようなもの。多少操作手順を間違えただけでもそれは自身に牙を剝《む》き、周囲に甚大な被害を及ぼすだろう。

「そう、例えばロイド様のように、ですな」

「ええ、勝手気ままにやりたい放題。周りに甚大な被害を巻き起こす……間違いありません」

グリモとジリエルが白い目で見ているが、俺は周りに気を使いまくっているぞ。失礼である。

……それにしてもガゼルか。あれだけの魔力を隠す素振りもせず、目立つのも全く気にしていないようだ。

彼のような生徒がいれば相対的に俺への注目度も下がり、色々やりやすくなるかもしれない。そういう意味でも幸運かもな。

「あぁもう、的が完全に壊れちゃったわ。どうしようかしら……」

「あの、よければ手伝いましょうか？」

黒焦げになった的の周りで右往左往していた教師にコニーが声をかける。

「……あなた、転入生かしら。気持ちは有難いけど、この的は見た目より複雑な術式を組み込んであるのよ。とてもこの場ですぐ直せるようなものではないわ」

あれだけの攻撃を喰《く》らって原形を残しているのだ。防御術式を込められているのだろう。その修理は容易ではない。

しかしコニーは教師の言葉を気にすることなく、倒れた的の傍らに腰を下ろすと手に取り観察し始めた。

「なるほど。確かに複数の術式が組み込まれてますね。衝撃吸収、属性効果無効、物質強化……でもうん、このくらいなら私でも直せますよ」

「ちょ、あなた……」

言うが早いか、コニーは道具箱を取り出し、壊れた的を分解し始める。

すごい手捌《てさば》きだ。早いだけでなく正確無比、あんな動きを魔術による補助なしで行うとは信じられない。

例えば俺なら感覚強化や身体強化を何重にもかけた上で第三、第四の腕を具現化して、ようやくあれと同等の動きが出来るだろうな。

「生身でロイド様と同等の動き……ハッ！　もしやあの娘が魔術を失い得たものは……」

「あぁ、人並外れた身体能力として発動しているのは、あの器用さだろう」

魔道具作り自体の難易度はそこまで高くはないが、あれだけの技術を得るには相当修練を積まねばならなかっただろう。魔宿体質は魔術の才を持つ者がそれ以外に進むことで大きな力を得られるもの。それがコニーにとっては手先の器用さだったのだろう。

その作業の美しさにいつしか皆が見惚れていた。


「……ふう、出来ました」

コニーは大きく息を吐き、額の汗を拭う。

完成した的に『鑑定』を発動させ、組み込まれた術式を解析してみる。

……おお、壊れる前よりも防御能力が大幅に向上しているな。

柔軟性と剛性を組み合わせた強固な術式だ。これなら先刻の火球にも十分耐えられるだろう。

それに加えて普段はお目に掛かれないような術式がちらほら組み込まれている。

いいなぁ。面白そうだなぁ。試させてくれないかなぁ。

「えーと……ロイド君、よかったら的の強度を試してみる？」

「いいの？　じゃあ遠慮なく」

俺の物欲し気な視線に気づいたようだ。我ながらはしたないが、是非もない。

俺は二つ返事で頷くと的に向かって手をかざす。

「ロイド様いけません！　あの的を破壊しては目立ってしまいますよ⁉」

「そんなのやるわけないだろ」

俺を何だと思っているのだろうか。失礼だぞジリエル。コニーが一生懸命直したものをいきなり壊しにいくはずがないだろう。

……まぁその一歩手前くらいを狙うけど。


「火球」


というわけで、的を狙って火球を放つ。

生み出された炎は弧を描き飛んでいき、的の真ん中に命中した。

ごおう、と一瞬炎が立ち昇ったかと思うと、瞬く間に収まり消えていく。

熱を帯びた的は僅かに赤みを帯びているがすぐに元の色に戻った。

よし、いい具合に手加減できたな。これなら目立ちはしないだろう……とはいえ、しかしだ。

「あの反応、もう少し威力があれば溶かされていた……あれだけ耐性を上げたのに……しかもロイド君はまだ加減してたように見えた。……信じられない」

「むぅ、あのガゼルに匹敵する火球を放つとは……それに耐えたコニー君の的もまた素晴らしい。うむうむ、良き生徒が入ってくれたのう」

コニーとシドーが何やらブツブツ呟いている。

それにしてもガゼルの術式を真似てみたつもりだが、どうも微妙に違うなぁ。

これってもしや、彼のオリジナル術式だろうか。ウィリアムの血統魔術だったり？　だとしたらすごく気になるぞ。

是非詳しく聞いてみたいものだな。うんうん。

「いやはや、恥ずかしいところをお見せした」

「そんなことないよ。流石はウィリアム学園、あんなすごい生徒がいるんですね」

俺が素直な感想を述べると、シドーはぴくんと眉を動かす。

「む、聞き捨てならんなロイド君。確かにガゼルは優秀な生徒じゃが、我が校にはもっとすごい者が沢山おるぞ？　剣術科が誇る『麗しき紅薔薇《ばら》』マクシミリアム＝トー、薬術科の妖精、『芳しき紫薔薇《かぐわ》』ロゼッタ＝フラウゼン、経済科に降臨した『増やせし黄薔薇』

ビリアルド＝ジーニアス……皆、我が校の誇りよ。そのうち会う機会もあるじゃろう」

「えぇーと……はぁ」

と言われてもなぁ。俺からすると魔術とは関係ない話にはいまいち興味をそそられない。

ここで一番の魔術師って誰だろう。やはりガゼルだろうか。

俺の興味なさそうな顔に気づくや、シドーは眉をぴくぴく動かしながら言葉を続ける。

「じ、じゃがな！　やはり一番はあやつよ。全校を束ねる生徒会長にして、学園始まって以来の神童。その魔術は天を貫き地を穿《うが》つ、更に努力も怠らぬ天才にして秀才、かのウィリアム＝ボルドーの再来とまで言われた魔術の申し子――」

「詳しく。是非」

即座に食いつく。どんな人物か、どんな魔術を使うのか、どこにいるのか、さぁ早く続きを語ってくれ。さぁさぁ。

俺の代わり身の早さにシドーは若干引き気味だ。

「う、うむ……急に目をキラキラさせてきたのう……おほん、そうじゃな。そろそろ授業も終わるし、あ奴も出てくると思うが……」

シドーの言葉を遮るように、ごぉぉぉん、と鐘の音が鳴る。

それを更に遮るように、ずどぉぉぉん！　と爆発音が鳴り響く。

「わわっ、何が起きてるの⁉」

しかしシドーは動じる様子はなく、やれやれといった様子でため息を吐く。

「……いつものことじゃよ」

「それってどういう……？」

言いかけた俺の疑問はすぐに消える。

爆煙の中から現れたのはガゼル、追いかけるように飛び出した氷の塊がその眼前に迫る。

あれは水と風の二重合成魔術、氷球だ。

「チッ！」

ガゼルの舌打ちと共に氷球は霧散した。

魔術の残滓《ざんし》、立ち昇る水蒸気からみて、あの無詠唱火球をぶつけたようである。

ガゼルが憎々しげに睨む白煙の奥で人影が揺らめいた。

「ふっ、相変わらず魔力頼みで芸のない戦い方だな。愚弟」

涼やかな声と共に進み出てきたのは、長い銀髪を靡《なび》かせた線の細い少年だった。他の生徒と違う白い制服、几帳面《きちょうめん》な性格なのか襟首まで留められており、胸元には金の細工が煌《きら》めいている。

それよりガゼルを弟と呼んだということは……

「うむ、彼こそノア＝ボルドー、ガゼルの兄にしてボルドー家長兄。ウィリアム学園が誇る天才魔術師じゃよ」

ノアを語るシドーの顔は何とも誇らしげだ。

なるほど確かに佇まいを見ただけで分かるほどに彼の術式は洗練されている。まさに修練の積み重ね、シドーがあそこまで言うのも理解できるというものだ。

「黙れよクソ兄貴ィィイ！」

咆哮と共にガゼルが駆ける。振り上げた拳をノア目掛け振り下ろす。

「やれやれ、愚弟の相手も楽ではない」

それを身体を捻って躱《かわ》しながら、長い足で蹴り飛ばした。

キュキュキュと靴で床を噛む音を鳴らしながら二人の距離がまた離れる。

その少し後、どおっ！　と歓声が響いた。

いつの間にか生徒たちが集まっており、二人の戦いを観戦している。

「キャー！　ノア様こっち向いてー！」

「うおおお！　今度こそ勝てよガゼルー‼」

そして声援が乱れ飛ぶ。

黄色い声はノアへ、野太い声はガゼルへ。

「二人はどうも兄弟仲が悪くてな、授業が終わったらいつもあぁやって小競り合いを繰り広げるんじゃよ。私闘はあまり褒められたものではないが、ウチは魔術科だからのう。技術の向上を名目に空き時間はあぁいうのも許しておるんじゃよ。ついでに二人のバトルは人気があるからのう」

確かに、一つの見世物みたいになっている。

それによく見れば二人は周囲に結界を張り、周りに被害をもたらさないようにしているし、無秩序で暴れ回っているわけでもないらしい。

ルールを決めた上でなら問題なし、というわけか。とはいえ普通ならダメだろうに、融通が利いているな。

「くたばりやがれぇぇぇ！」

そんなことなど気にする素振りもなく、ガゼルは無詠唱火球を放ちまくる。

氷球でそれらを迎撃するノア。二人の間には水蒸気が巻き起こり、霧のようになっている。

——ま、『透視』の魔術を使っているから二人の戦いは問題なく観察できているのだが。

「ふむ、下級とはいえ、普通なら一人で二重詠唱を行使するのは不可能。一体どんな手品を使っているのでしょう？」

「気づかねぇのかクソ天使、見ろよあいつの舌を。キメェことになってるぜ」

グリモの言葉にジリエルは息を呑《の》む。

見ればノアの舌にはもう一つ『口』が付いていた。

「へぇ、あれは『双口』じゃないか」

身体に直接接続する生体魔道具、まぁ簡単に言えば人工的な口を新たに作り出すというものだ。

あれなら一人で二重詠唱も可能である。

それにしても身体に魔道具を埋め込むなんて、並々ならぬ魔術愛を感じるな。

言わずもがな、手術には痛みを伴うし奇異の目で見られることもあるだろう。相当な覚悟が必要だ。

ガゼルにしても相当の鍛錬を積んでいるし、うーん、あの二人の力がもっと見たくなってきたぞ。

「ロイド様、また何か良からぬことを考えておられませんか？」

「こんな衆目の面前で力を使ったら、バレちまいますぜ」

二人の言う通りだが、これだけの白煙の中だ。

周りからはそう見えないし、上手くやればお互いの仕業だと思わせられるはず。

そう考えると居ても立っても居られなくなってきた。


「シドー学園長、ちょっとトイレに行きます」

「あ、そっちは違うぞい！」

「オン！　オンオン！」

追いかけようとするシドーをシロが止める。

よし、ナイスだシロ。

俺はその隙に階段を逆走しつつ、白煙の中に飛び込むのだった。

「■」


呪文束により発動させるのは、幻想系統魔術『模写姿』。

本来は頭に描いた人物の姿になる魔術だが、グリモとジリエルの口を使い三重詠唱、かつ対象を敢えてイメージしないことで、人によって見える姿が変わるという特性を与えている。

見られる姿を敢えて特定しないことで『どのようにも』見えるようになり、結果見た人がそうだと思った姿だと認識させるのだ。

もちろん術式は弄《いじ》っているから『透視』などの視覚強化魔術でも見破るのは不可能。

流石に白昼堂々使えばバレバレだが、こうして白煙に紛れれば問題はないだろう。多分。

そうこうしているうちに二人の間近まで迫る。よーし、色々試させてもらうとするか。

「グリモ、あれを」

「はいな」

グリモの口から取り出したのは俺専用の魔剣『吸魔の剣』だ。

こいつは魔術を吸い込み無効化する術式を組み込んだ魔剣で、下級魔術であれば数百、上級以上でも数個は封じることが出来る。

「剣に封じた魔術は後でゆっくり解析可能、というわけでまずは貰うぞ二人の術式」

──ラングリス流剣術、針鼠《はりねずみ》。

剣を短く持ち、姿勢を低く構えた後に繰り出すのは全方向への突きの連打。

これは矢の雨などに対する防御用の技だ。刃に触れた火球、氷球をどんどんかき消していく。

「と、これじゃ水蒸気による煙幕が消えちゃうので……ほいっとな」

同時に発動させるのは火球と水球を二重詠唱『失敗』することで生じる白煙。これは通称『煙球』と呼ばれるもので、水と炎が混じったことで生じる水蒸気爆発だ。

ぼふんっ！　ぼふんっ！　と白煙が連続して舞う中、俺は二人の術式を蒐集《コレクト》し続ける。

そろそろかなり溜《た》まってきたが、同じのばかりだと芸がないよな。

「よし、折角だから他の魔術も使って貰おう」

吸魔の剣に封印した火球、氷球を二人に向かって解き放つ。

相手の撃ち終わりを狙っての絶妙なタイミング、これなら対処できず、他の魔術を使わざるを得ないだろう。さぁ何を使う？

ワクワクしながら見守る中、ガゼルは僅かに顔をしかめた後に指を鳴らした。

瞬間、眼前に迫った氷球が爆ぜる。

む……普通に『火球』で弾いてきたか。つまらん。でもあんな近距離で瞬時に迎撃するなんて、俺でも難しいかもしれない。

「ロイド様は常に結界を張ってるんだから、あんな危ねーことはする必要ねーでしょう」

まぁそうなんだけども。それよりノアの方はどうだろうか。

「ほう……」

ノアは少し目を丸くしながらも、迫る火球に防御の姿勢すら取ろうとしない。

直撃の寸前、火球が弾ける。そこにあるのは薄い魔力の膜――結界だ。

どうやらノアは俺と同様、常に結界を展開しているようである。

「ふん、何とも頼りない結界ではありませんか。ロイド様のとは比べ物になりません」

まぁそうなんだけれども。というか二人共、今のを難なく処理するか。

小技の使い方で魔術師としての技量は知れる。俺としては違う魔術を見せて欲しかったが、これはこれで面白い。

「ロイド様、煙が晴れてきてやすぜ」

「これ以上は危険でございます」

おっと、夢中になり過ぎたか。

学友ともなれば彼らの魔術を後々ゆっくり見ることもできるし、今日のところはこの辺にしておくか。これから楽しみだな。

俺はこっそり煙を抜け出し、その場を離れるのだった。

◇◇◇

その夜、俺たちは寮にて食事をしていた。

「如何でございましょうロイド様」

「うん、美味しいよシルファ。レンも随分腕を上げたもんだ」

「えへへ、ありがとう」

ちなみにビルギットが寮一棟をまるごと借り切り広々と使わせて貰っている。

寮には大部屋が二つと小さな部屋が十あり、五人と一匹で使うには広すぎる程だ。

「しかし……いいのでしょうかビルギット姉さん。僕たちは一応ここの学生ですよ？　こんな特別扱いを……」

「ええんやって。その分の金は払うとるし、こちとら王族、ある程度は安全面も考慮せんとな」

あっけらかんと言い放つビルギット。まぁ俺としては部屋が広々使えるのは有難い。

「それにシルファらの美味い料理も食えるしな。皆の栄養管理はしっかり頼むでー」

「恐れ入ります」

「ますっ！」

シルファと共に慌ててレンが頭を下げた。

それをねぎらった後、ビルギットはアルベルトをじっと睨む。

「……それよりアルベルト、今日の授業やけんども……ハァ、アンタはいまいち経済センスがあらへんなー。人に気づかれることなく利益を掠《かす》め取るのは経済の基本中の基本やで？」

「姉上、それは長期的に見ると損失です。誠実に接することで取引先とも良好な関係が築けるはず。そうすれば利益はおのずとついてくる」

しかしアルベルトもまた持論を返す。ビルギットは少し嬉しそうな目をしつつもわざとらしくため息を吐く。

「甘ちゃんが。そんな考えやと悪人共にあっという間にケツの毛まで毟《むし》られるで」

「それでも僕は人を騙《だま》すような真似はしたくありません」

「にゃにおう？　この美人教師に逆らうとは随分えー度胸しとるやないのん。ゆーとくけど、この寮を貸し切りにしたんは夜にアンタの家庭教師をやる為でもあるんや。しっかりそのお花畑の頭に詰め込んだるさかい、覚悟しぃや」

「望むところです。姉上」

二人は何やらバチバチと火花を散らしている。

俺には経済とか興味ないからどうでもいいけど、なんとなく楽しそうだな。

「そういえばレンはどうだったのですか？」

「うんっ！　すっごく楽しかった！　友達も出来たんだよ！」

「いえ、そうではなくて」

目を輝かせるレンに、シルファは首を横に振って答える。

「ロイド様にお仕えする者として恥ずかしくない姿を見せているのか？　と問うているの

です。試験の出来は？　授業にはついていけそうなのですか？」

「え、えぇと……一応授業も何とかついていけると思う。友達になったロゼッタって子もボクのこと褒めてたし……」

ロゼッタ……どこかで聞いた名前だな。

「薬術科筆頭生、『芳しき紫薔薇』と呼ばれしロゼッタ嬢ですよ。名しか知りませんがきっと花のような美しさなのでしょう。是非お会いしたいものです。ふひひっ」

不気味な笑みを浮かべるジリエル。

そういえばさっきシドーが学園自慢の生徒を語ってる時にそんな名を聞いた気がする。

そんな生徒と友達になっているなんて、やるなレン。

「ならよろしい。しっかりと励むのですよ」

「は、はい……」

シルファにそう言われ、レンは安堵《あんど》の息を吐く。

ところでシルファの方はどうだったのだろう。そんな俺の考えを見透かしたかのようにアルベルトが俺に耳打ちしてくる。

「剣術科で仲良くなった子たちに教えて貰ったけど、シルファは試験官を打ち倒してしまったらしいよ？」

うわ、やりそう……その光景が目に浮かぶようである。

「しかも剣術科の筆頭生であるマクシミリアム＝トーの決闘を受け、そちらも瞬殺してしまったとか。その強さ、洗練された所作振る舞いから早くも『麗しき紅薔薇』なんて呼ばれているそうだ」

「お恥ずかしい限りです」

シルファは恭しく目を伏せる。

確かにビルギットは目立ってこいと言っていたが、いきなり筆頭生を瞬殺するなんてあまりにやり過ぎじゃなかろうか。

「評判は聞いとるでシルファ、まずまずのスタートってとこやな。これからも気張りや」

親指を立てながらシルファを褒めるビルギット。

初日でこれなのに、これ以上目立たせるつもりだろうか。先が思いやられるな。

「しかし相変わらずってーか、皆、半端ねぇくらい優秀ですな」

「ええ、流石はロイド様の兄姉、そしてシルファたんにレンたんと言ったところでしょうか」

グリモとジリエルの言う通り、皆相当目立っているようだ。

これなら俺自身、あまり注目を浴びることもなさそうだな。この調子で頑張って欲しいものである。

◇◇◇

「やぁロイド君、すまないね。急に呼びつけて」

俺の目の前、立派な机に座っているのは先日会ったばかりの生徒会長――ノアだ。

「まずは自己紹介をした方がいいかな。私はノア＝ボルドー。この学園の生徒会長を任されている。まぁ学園内の面倒ごとを処理する、雑用係のまとめ役とでも言ったところか。故に畏《かしこ》まる必要は全くないよ。気軽にノアと呼び捨ててくれても構わないさ。ははは」

自己紹介の後、冗談めかして笑うノア。

どうしてこうなったかというと、だ――

楽しい楽しい魔術の授業を終えた俺が次の教室へ移動しようとすると、いきなり現れた白制服の男たちに捕まり、気づけばこの生徒会長室へと連行されたのである。

面白そうだから敢えて抵抗はしなかったが……それにしても転入してきたばかりの俺に一体何の用だろうか。

「学園の偉い奴に呼ばれたってことは、なんかやらかしたんじゃないんですかい？」

グリモはそう言うが、何もやらかした記憶はないぞ。

試験も地味にクリアしたたし、ノアとガゼルのバトルに介入した時だってバレないように手は尽くした。

呼び出される理由はないはずである。

「それがバレていたのではないでしょうか。それで怒っているとか」

うっ、確かにそうかも。

隠蔽工作はしたもののノアは優秀そうだし、よく見れば気づかれる可能性はあるよな。

「……ほう、聡いな。どうやら呼び出した理由にもう気づいたようだ。如何にも、君が私と愚弟との戯れに割って入ったのには気づいていたよ」

俺の隠蔽工作をあっさり見破るとは……うーむやるなノア。流石学園筆頭である。

「ロイド様は結構雑な性格だし、隠すの得意じゃねぇっすからね……」

「ノアは弟と仲が悪い様子。喧嘩《けんか》に横槍《よこやり》を入れられて怒っているに違いありません」

うーん、やはりそうだよな。

俺だって実験相手を他の奴に横取りされたら、怒るだろう。

ここは謝っておくべきか。

「いやぁ、ごめ——」

そう言いかけた時である。

「素晴らしい。大したものだよ君は」

ノアはいきなり席を立ち、俺を拍手で称えてきた。

「突然始まった戦いにも躊躇《ちゅうちょ》なく飛び込み、他の生徒たちに被害が及ばぬよう止めようとしてくれていたのだね？　私と愚弟の間に入り、我々が放った魔術をほぼ相殺させたのは見事と言う他ないよ。しかも自らの手柄と明かさぬよう魔術で隠蔽しながらとは、純粋な正義の心の持ち主なのだな」

うんうんと頷くノア。一部誤解もあるが、とりあえず責められている訳ではなさそうで一安心である。

入って早々生徒会長に睨まれたら、とてもじゃないが平穏な学園生活なんて望めないからな。

「君はサルームの王族だったたね。故にあまり目立ちたくないのもあるのだろう。王族たるもの、下手に目立てば国の威信を汚す可能性がある。昨日の君の行動、口外しないと誓おう」

「助かるよ。すごく」

「ふっ、気にするな。全ての生徒たちの為に行動するのが生徒会長である私の役目なのだからな。君が目立ち過ぎないよう、ある程度は生徒会でも取り計らおうじゃないか」

どうなることかと思ったが話が通じる人でよかったな。俺は安堵の息を吐く。

「……ところで交換条件という訳でもないのだが、一つ君に頼みがあるのだが」

「何？」

俺の疑問に、ノアは咳払いと共に言葉を返す。

「君に生徒会に入って貰いたい。ウチの生徒会は万年人手不足でね。君のような有能な人物に入って貰えるととても助かるんだよ」

「俺を生徒会に？」

藪《やぶ》から棒に何を言い出すのだろうか。困惑する俺にノアは続ける。

「知っての通り我が校は才ある者なら誰でも歓迎している。子供も老人も、富める者も貧しき者も、ノロワレや別種族すら優秀なら入学を許されている程だ。しかしそれ故に生徒同士の諍《いさか》いも絶えず、それを止める力がある者が圧倒的に足りない。もちろん私も尽力しているが、立場上動くのも難しくてね……ロイド君が生徒会に入ってくれれば、これほど心強いこともない」

「暴れる生徒たちを諫《いさ》めるとか、そういう仕事？」

「あぁ、まだ少年である君に荒事を頼むのは申し訳ないが……」

ノアの言葉に、俺は即座に頷いた。

「是非とも！」

「おお！　引き受けてくれるか！　それはとても助かる！」

ノアが差し出してきた手を取り、握手を交わす。

色々言ったけど、つまりは大手《おおで》を振って学園で魔術を使えるってことだろう。

断る理由などあるはずがない。


「つーかロイド様、そんな仕事してたら目立っちまうんじゃねーんですかい？」

「そうですよ。先程目立たぬよう気を付けると誓ったばかりなのではありませんか」

「多少は目立つだろうが、こんな面白そうな誘いをスルーできるわけないだろう」

生徒会に入ればノアの近くで魔術を見られる機会もあるだろうし、暴れる生徒たちだってきっとすごい魔術を使うに違いない。

そんな環境に身を置けるなんて、最高じゃないか。

「ふっ、上手く仲間に引きこめたか。本気でないとはいえ私と愚弟の戦いについて来られた魔術センスは大したもの。すぐに頭角を現してくるだろう。その前に彼を生徒会に入れられてよかった。まぁ若干青田買いの面はあったが……弟に先んじられるよりはマシだな。ふふ、この才能の塊がどう成長するのか、楽しみで仕方ないな」

ノアが何やらブツブツ言っていたかと思うと、不意に真剣な表情で目を細める。

「全てはそう、来たるべき戦いの為に」

何やら一人の世界に入っているようだ。

ま、何でもいいか。用も済んだようだし、そろそろ次の授業が始まる。俺は生徒会長室を後にするのだった。

◇◇◇

「おう、ちょっとツラ貸しやがれ」

——無事教室へ戻り、楽しい授業を終えた俺の前に現れたのはガゼルだ。

「えーと……俺に何か用？」

「用があるから呼んでんだよ。いいからついて来やがれ」

ぶっきらぼうに言うと、ガゼルは踵《きびす》を返し歩き始める。すたすたと、一人で。

おーい、まだついて行くとは言ってないんだが。

「何だあの野郎、用があるならここで言えばいいのによ」

「しかし呼ばれたばかりだというのにまた呼ばれてしまうとは……ロイド様は随分注目されているようですね」

全くだ。目立たないようにしているはずなのに、一体どういうことだろうか。腑《ふ》に落ちん。

「どうするつもりですかい？　ロイド様。やはりついて行くつもりなんすか？」

「危険ですよロイド様！　この手の人が集まる場所では気に入らない者がいると校舎裏に呼び出し数人で袋叩《ふくろだた》きにすると言われております！　ガゼルの風体、如何にもその手の輩《やから》ではありませんか！」

「――ほう」

人目につかない場所でガゼルの魔術を浴び放題とは……何とも魅力的なお誘いじゃないか。

「何で目を輝かせてるんですかねぇ……」

「まぁそもそもの話、誰がロイド様をボコれるんだという話ではありますが……」

「オンオンッ」

何やら呆れているグリモとジリエル。

ともあれこうしちゃいられない。俺はシロと共にガゼルの後をついていくのだった。

教室を出たガゼルは自動階段の脇を通り抜け、細い通路を奥へ奥へと進んでいく。

空き教室や使ってなさそうな古い階段、学園の裏側というか隠し通路的な道を縫うように。まるで迷路だ。

そうしてしばらく進んでいると、ようやく明るい場所に辿り着いた。

どうやらここは塔の仕掛けの為に出来た隙間のようで、周囲は聳え立つ壁に囲まれていた。

「こんな朝っぱらから召集かけるなんて、勘弁して下さいよガゼルさん」

頭上からの声に見上げると、壁の上には俺を取り囲むように数人の生徒たちが見える。

「ガゼルの兄貴、そいつが例の転入生っかい？」

「マジで子供っすねー。ははは」

「馬ァ鹿、ガっつぁんが気にかけるくらいだ。お前なんかより千倍つえーよ」

次々に言葉を投げかけてくる彼らは皆、妙な形の黒メガネをかけたり、頭髪を真上に伸ばしたり、マスクで口元を隠したり、やけに派手派手しい恰好をしている。

「なんだぁこの痛々しい恰好した奴らはよ」

「どうやらガゼルの仲間のようですね。やはり多人数でロイド様を袋叩きにするつもりなのでしょう」

「ウゥ……！」

唸り声を上げるシロを宥《なだ》めながらも俺は気持ちを昂《たかぶ》らせていた。

ガゼル一人かと思っていたが、こんなに大勢から魔術を受けられるなんて、ついてきてよかったなぁ。早く撃ってくれないかなぁ。

俺が期待しているとガゼルは俺の方を向き直る。

「……さて、そろそろ本題に入るとするか」

「こっちの準備はいつでもいいよ」

次の授業までそこまで時間があるわけでもないし、さっさと色々な魔術を撃って欲しいものである。

結界は解除したし、吸魔の剣もスタンバイしている。いつでもオーケーだ。

「何で目ェ輝かせてんだよお前、見た目に反して好戦的かぁ？　別に取って食おうってんじゃねぇから警戒すんな。テメェらも挑発するような真似してんじゃねぇよ」

ガゼルは俺の態度に何故かドン引きしている。

というかやらないのか。つまらん。しょぼん。

「何でがっかりしてるのか知らねぇが……まぁいい。単刀直入に言うぜ転入生。——お前、俺の舎弟になりやがれ」

その言葉に固まる俺にも構わず、すぐにガゼルは言葉を続ける。

「俺たちは学園愚連隊。まぁ非公式の組織さ。生徒たちがあまり悪さをしねぇように見張ってるんだ。……お前、学園で浮きまくりだ。かなり目立ってるぜ」

そうなのか？　俺はただ普通に授業を受けていただけなんだけどなぁ。目立つ要素はなかったはずだぞ。

しかしグリモとジリエル、はてはシロまで俺に白い目を向けてくる。くっ、味方がいない。

「おおっと、別にそれが悪いわけじゃねぇ。だが出る杭《くい》は打たれる。ガキ同士ならなおさらだ。しかし俺の舎弟になれば、喧嘩売ってくる輩もいやしねぇ。それにお前、目立ちたくなさそうにしてただろう？　そっちも気ィ使ってやる」

語りながらガゼルは威圧するように俺を見下ろしてくる。

「断ろうと考えてるならやめた方がいいぜ。上にいる連中は俺がここに来るまでは学園愚連隊を名乗ってそりゃもう悪さばかりしてる問題児どもだったが、俺がボコボコにしてからはすっかり大人しくなっちまったんだからなぁ？　お前もそうはなりたくはねーだろ？」

ガゼルの言葉に上の者たちはうんうんと頷く。

「そうだぜ。ガゼル兄貴の強さは半端ねーんだ」

「坊主、悪いことは言わんから逆らわない方がいいぞ」

「下手に怒らせたら殺されちまうぜぇ。ひゃはは！」

軽口を叩きながらも彼らから感じる魔力はそれなりのものだ。

ここに入れるということはある程度の才は必要だからな。

そんな彼らが完全に負けを認めているのだ。ガゼルの実力はやはり相当なのだろう。

「さぁどうする？　俺の舎弟になるか？　ならねぇのか？　どっちだ！」

ここは誘いを断ってバトルするのも面白いかもしれないが――

「いいよ」

俺が頷いて答えると、ガゼルはくぐもった声で笑う。

「くくっ、賢明な判断だぜ転入生」

確かに我ながら懸命な判断だったと感心する。

この場でガゼルたちから魔術を喰らえば一時は楽しめるかもしれないが、彼らの仲間に加われば長い目で見てもっと沢山の魔術に触れられる可能性がある。

それに仲良くなることで、色々な術式も教えてくれるかもしれないしな。

俺は生徒会にも入っているし、別に急ぐ必要はないのだ。うんうん。


「このチビ、俺とクソ兄貴のバトルの間に入ってくるとは相当いい度胸してやがる。他の生徒に危害が及ばないようにしたのかねぇ。ったく生意気な奴だぜ。しかし幾ら魔術の腕があるといってもまだまだ子供、このまま目立ち続ければ面倒な輩に目を付けられるだろう。だが俺のグループに入れておけばそんな心配もねぇだろうしな。それにクソ兄貴の元に行かれてもつまらねぇし、これが一番いい手だろうよ。……ついでにあいつの連れてる犬っころ、デカイし毛並みもいいし、モロに俺の好みなんだよなぁ」

ガゼルは何やらブツブツ言いながら、シロを見ている。

どこか物欲しげな目だ。シロも不安そうに俺に擦り寄ってくる。

「……それに、来《きた》るべき戦いにも備えねぇとな」

不意に真剣な面持ちになるガゼル。なんか忙しい奴だな。

どうやら一人の世界に入ったようである。

そういえばノアも似たような感じだったっけ。やはり兄弟というのは似るものなのかもしれない。

「ロイド様を舎弟にするとはこいつも中々命知らずな奴だぜ」

「ですがよろしいのですかロイド様？　ノアとガゼルはあまり仲が良くない様子、掛け持ちをしていると知れたら問題なのでは？」

「別に大丈夫だろ」

だって掛け持ち禁止とは言われてないからな。

言われてないということは構わないということだ。

少なくとも俺にとっては。……まぁ何か問題が起きたらその時に何とかすればいいだろう。

ともあれいきなり二つの組織に所属出来たのは僥倖《ぎょうこう》だ。これからの学園生活が楽しみになってきたな。うんうん。

◇◇◇

ある日の早朝、俺はまだ誰も登校していない学園へと辿り着いていた。

ノアに頼まれた仕事——朝の掃除の為である。

「ったく何が生徒会の大事な仕事だ。掃除なんてただの雑用じゃあねーか。ナメくさりやがってよぉ」

「全く以てその通りです。ロイド様を掃除小僧扱いするなど、まさに神をも恐れぬ愚行と言えるでしょう」

グリモとジリエルがやけに憤慨しているが、俺は別段嫌だとは思っていない。

むしろこれだけ広大な敷地内を掃除の名目で好き放題出来るのだ。実験のいい機会である。

「というわけで……■」

呪文束により紡ぐのは火と風の二重詠唱魔術『火炎旋風』——その術式に多少手を加えたものである。

「なるほど、そいつでゴミを吸い上げて焼却するってわけですな」

「さらに背の高くなった草も刈れると。流石はロイド様です」

指先で渦巻く炎と風を見てグリモとジリエルが言う。

ま、それだけじゃないんだけどな。それっ。

草むらに放った『火炎旋風』は、その中心辺りまですいーっと進むと、周囲に炎をまき散らす。

ごおう！　と一気に燃え広がった炎はそのまま上空に巻き上げられていく。

「どああっ⁉　これ普通の『火炎旋風』じゃねーですかい⁉」

「むしろ威力マシマシですよ⁉　このままでは学園が火の海にっ！」

「そんなことはないぞ二人共、よく見てみろ」

草むらを焼き尽くしながら進む『火炎旋風』は、編み込んだ術式の通り周りには被害を及ぼしていない。

うん、いい感じに効果は出ているな。

「むむ……炎の先端に妙な反応を感じるぜ。学園の建築物には傷一つ付いてねぇしよ」

「これは結界ですね？　炎の先端に展開した結界が建物を守っているように思えます」

「その通り」

火炎旋風の術式を操り、建築物に触れた箇所を結界でガードしているのだ。

俺が地味な学園生活を送る為に考え出した術式で、こうしておけば勢い余って物を壊すこともないのである。

やはり実際に被害が出てしまうと目立つからな。よしよし、ちゃんとゴミだけを焼き尽くしているようだ。

「自分の放った攻撃魔術と同等の結界を同時に生み出し、しかも細かい条件設定までしてやがるってのか？　とんでもねぇ魔力の無駄使いだぜ……」

「総魔力量、というよりはこれだけの魔術にも拘らず魔力消費量が異常に少ないですね」

「うん、軍事魔術の応用だ」

以前に貰った沢山の軍事魔術の書物を読み解いたことで、術式の最適化はお手のものだ。

おかげで魔力消費の多い多重詠唱や結界の形状変化も省エネで賄えている。

……まぁ俺はもともと魔力量も多いし、その分回復量も高いから、常時大量の魔力を使うとかでもない限り枯渇することは滅多にないんだけどな。

それはそれとしてどこまで消費魔力量を少なく出来るか試してみるのも面白い。もっと大量の魔力を使う機会もあるかもしれないし。

「んな機会が本当にあるとしたら世界が終わる日でしょうな……しかしロイド様、こいつはちと目立ちすぎてやしませんかい？　外から見たら大火事みたいですぜ」

「大丈夫さ。幻想系統の魔術で隠蔽工作もしているからな。早朝で人も少ないし……

ん？」

ふと、視線を感じて振り返る。

そこにいたのはノアだ。そういえば手伝いにくるとか言ってたっけ。

何やら俺を見て驚いているようだが……

「あれはまさか『火炎旋風』？　いや、ありえない。二重詠唱は私のように『口』がもう一つなければ使えないし、魔力消費も半端ではないはず。恐らくは下級魔術である『火波』の術式を弄って草焼きに使えるようにしているのだろう。それを証拠に建物も無傷だし。とはいえ術式をあそこまで操れるとは大したものだ。やはり彼はとても優秀なようですね。ふふふ……」

何やらブツブツ言ってるが、遠すぎて聞こえない。

ま、何も言ってこないということはさして驚くことではなかったのだろうな。うんうん。

◇◇◇

またある日、楽しい授業を終えた放課後、俺は校舎の隙間を縫うように駆けていた。

「俺はこっちで待ち構える！　お前は向こうから回り込みやがれ！」

「わかった。行くぞシロ」

「オンッ！」

ガゼルの言葉で俺は左に見える通路へと入る。

シロに乗ったまま駆けることしばし、頭上を大きな影が通り過ぎた。

見上げるとそこにいたのは巨大なニワトリ。その羽根の隙間には鱗が敷き詰められ、尾からは蛇が生えている。

――コカトリス、こいつはそう呼ばれる魔獣だ。

とある生徒が自分の従魔にしていたコカトリスを逃がし、ガゼルに泣きついたのである。

「それにしても意外ですな。ガゼルみてぇな荒くれ者が頼まれ事をしてるなんてよ」

「他の者たちも案外面倒見が良さそうでしたね。まさにお助け団と言ったところでしょうか」

ガゼルらのグループはあれだけ強面《こわもて》を集めた割に、一般生徒たちからの評判は悪くない。

リーダーであるガゼルは面倒見が良く、下の者たちもそれを慕っているから規律正しく悪さを行うことはない。

なので他の生徒たちも彼らを怖がることなく、いつの頃からか困った生徒たちからの依頼を受けるようになったらしい。

まぁ俺としてはこんな面白い依頼が舞い込むのは願ってもないことだが。

「ロイド様、何ボサッとしてるんですか。早く捕らえねぇとまた逃げちまいやすぜ！」

おっとそうだった。

コカトリスはレアな魔獣、間近で触れ合える機会は滅多にないのだ。ガゼルに捕獲を任せてしまうと、折角の機会がフイになってしまう。

「すごい毒があるんだっけ」

「そうですよ。コカトリスの毒は皮膚が強ばり血が固まる、石化と揶揄《やゆ》される程の猛毒！しかもレンたんの毒と同様、魔術では治癒出来ないものです。手早く結界で閉じ込めて安全に捕獲を――」

言いかけたところで、コカトリスに伸ばした俺の手に蛇ががぷっ、と噛み付いてきた。

「ロイド様ぁぁ――！　何してるんですかぃ⁉」

二人が絶叫を上げる中、コカトリスの毒により俺の腕がどんどん痺《しび》れていく。

なるほど、確かにレンの毒と同じく治癒魔術が効かないな。……ただし普通のは、だが。

術式変換、治癒光が鈍い色に変わると共に腕の痺れが消えていく。

よし、実験は成功だな。

「これは……何をしたんですかい？」

「以前、レンの生成した毒に治癒魔術が効果がなかった時、それをどうにか出来ないかとずっと考えていたのさ」

治癒魔術は実際にある毒にしか効果はなく、魔力で生成した毒には効果がない。

それは身体を構成する細胞が魔力を帯びておらず、魔力毒に無力だからである。

だったらその細胞に直接魔力を付与してあげればいいのでは、と考えたのだ。

流石に細胞が死ぬと効果は消えるが、それまでに十分毒は消せるようだ。

「むう……完全に毒が消えていますね」

「おいクソ天使、ボサッとしてねぇで手伝いやがれ！　逃げちまうだろ！」

「オンッ！」

コカトリスが俺を噛んでいるその隙に、グリモたちが飛びかかり取り押さえるのだった。

「おい」

捕獲を終え一休みしていると、ガゼルが声をかけてくる。どうやら俺たちに追いついたようだ。

「あぁガゼル、コカトリスは捕まえておいたよ」

俺の言葉にガゼルは顔色一つ変えず、歩み寄ってくる。

そして俺の襟首を掴《つか》み、ぐいと持ち上げてきた。

「馬鹿野郎！　何勝手な行動をしてやがる。俺の方に追い込めっつっただろが！」

「そうだけど……」

捕まえたんだからいいじゃないか。

それとも自分で捕まえたかったのだろうか。だとしたら悪いことをしたかもしれない。

「……チッ、無事だったからよかったものの、心配したじゃねぇかよ。ったく、あんま無茶すんじゃねぇぞ」

ガゼルは舌打ちと共に俺を下ろすと、コカトリスを入れた檻《おり》を担いで歩き出す。

「コカトリスは猛毒を持ってやがるからこいつには追いかけさせるだけにしたんだが、まさか余裕で捕まえるとはな。しかも嚙まれた跡があるのにピンピンしてやがる。あの危険な毒を無効化する手段まで持っているとは、想像以上に大した奴なのかもな」

何やらブツブツ言っているが……まさかコカトリスに話しかけているんじゃないだろうな。

前もシロに話しかけている風だったし、動物と話すのが好きなのだろうか。

「思ったより悪い奴じゃなさそうっすね」

「ふん、ロイド様の胸ぐらを摑むなど、万死に値する」

こんな感じで俺は、ノアとガゼル二人の仕事を手伝う日々を送るのだった。

◇◇◇

「あらロイド君、今日は珍しくゆっくりしているのね」

授業が終わって帰ろうとしているとコニーが話しかけてきた。

「うん、たまにはね」

今日はめずらしくノアとガゼルの誘いがなかったので、早く帰って予習復習をしようと思っていたところだ。

学生の本分は勉強だしな。知ってる知識が殆どだが、俺は基本独学で学んできたので基礎的なものは抜け落ちていることも多い。

いやぁ、本当にこの学園に来てよかった。

「ロイド様程の力を持ってても、意外と他の連中から学ぶことがあるんすねぇ」

「真面目な態度でロイド様の評価は高いようです。当然のことですが」

評価が高いと言えば、コニーもだ。

魔道具作りで鍛えた術式の理解を応用し、魔力がないながらも十分授業についていっていた。

魔術科の授業は皆そこそこ魔術が扱えるのが前提だが、コニーはそれを補えるほどの大量の知識と技量でこなしているのだ。

相当魔術が好きなのだな。本当に感心である。

「そういえば聞いた？　最近生徒会にすごい人が入ったらしいよ」

「ごふっ！」

コニーの突然の言葉に俺はむせてしまう。

「生徒会が仕事をしている場所で、とんでもない魔術が発動するのが見えたとか。生徒会は秘密にしてるけど、私の予想によると最近転入した生徒に違いないね」

「は、はは……そ、そうなんだ……」

くそぅノアめ、何が誤魔化しておくだよ。バレバレじゃあないか。

「言っときますけど、ノアの奴はそれなりに気を配ってくれてるみたいですぜ」

「然り、それ以上にロイド様がやり過ぎているだけなのです」

むむむ、これでもかなり加減しているんだけどな。

やはりここの生徒は優秀なのだろう。俺の隠蔽魔術をも見破る者もチラホラいるようだ。

……ま、噂になっているくらいならまだ大丈夫だろう。

「それに学園を裏から仕切っていると言われているあの学園愚連隊にも凄い新人が入ったんだとか」

「げほっ！」

更にむせる。ガゼルたちって学園を裏から仕切っていたのか？　確かに生徒たちからの頼みで色々やってはいたけどさ。

「逃げた魔獣の捕獲をしたり、悪事を働く生徒を人知れず懲らしめたりと大活躍みたいだよ。あのガゼル君が褒めていたってさ」

「へ、へぇー……」

ガゼルめ、言いふらしてるじゃないか。隠してくれるって言ったくせに。

「ロイド様、奴も一応名前は伏せてくれてるみたいですぜ」

「やはり非公式の組織だからか、生徒会の者よりは口が軽いようです」

むぅ、困るなぁ。ただでさえガゼルの手伝いは楽しくて気合が入りがちなのだから、しっかりフォローして欲しいものである。

……そこの二人、自業自得とでも言わんばかりの目で見るんじゃない。


「ったく、掛け持ちなんかするからですぜ」

「逆に考えるんだ。掛け持ちしたからこそ、俺自身の特定に至っていないと」

「何とも前向きですね……」

「羨ましい思考回路ですな……」

「褒めるなよ二人とも、照れるじゃないか」

「いや、褒めてない褒めてない」

二人の声が綺麗《きれい》にハモる。なんだかんだで意外と仲良いよなこの二人。

そんなことを言っているとコニーがため息を吐いているのに気づく。

「はぁ、でも羨ましい。ウチは新入部員、私だけだからさ」

「コニーは魔道具部に入ったんだっけ」

この学園では授業の他に、部活動がある。

授業と違う点は生徒たちが自主的に行うということで、俺も転入してすぐは色んな部に勧誘されたものだ。ノアとガゼルの掛け持ちをするのに忙しくて入れなかったけど、ちょっと興味はあったんだよなぁ。

「うん。……でも卒業試験の準備があるからって、先輩たちは入れ違いに辞めていき、今では私一人になっちゃった。色々教えて貰いたかったんだけどね」

落胆するコニーを見て、俺はふむと頷く。

「なぁコニー、俺も魔道具部に入っていいか？」

「……ロイド君が？」

「ダメかな？」

「いえ、むしろ大歓迎。……でも毎日忙しそうなのに、大丈夫なの？」

驚くコニー。そしてグリモとジリエル。

「何考えてるんですかいロイド様！　今でもバレそうになってるじゃねーっすか！」

「そうですよ！　それにノアたちの仕事もあるのに、物理的に不可能でしょう！」

「いいや、そうでもないさ」

そんな会話をしていると襟首の裏に付けていた生徒会バッヂが震える。

これは通信用の魔道具で、呼び出しがあるとこうして教えてくれるのだ。

ちなみにガゼルからも似たようなのを渡されている。

「ほれ、言ってるそばから呼び出しですぜ」

「ノアか……うん、丁度いい」

俺はニヤリと笑うと、席を立って外へと向かう。

「ねぇロイド君、どこ行くの？」

「すぐ戻るよ」

ひらひらと手を振って人気《ひとけ》のない場所へ来た俺は、ついてきたシロの毛の中へ腕を突っ込む。

「えーと確かこの辺りに……あった」

ズボッと取り出したのは俺そっくりの人形、木形代だ。

魔術により木を形状変化させ、人体をほぼ完全に再現した木人形である。

「グリモ、こいつの中に入ってノアの元へ行ってくれ」

「……つまり、ロイド様の代わりに仕事を手伝ってこいと？」

「あぁ、俺はしばらくは魔道具部で活動する。適当にやってくれよ。グリモ」

そう、グリモなら俺よりも加減は上手だ。

生徒会やガゼルの手伝いは一通りこなしたし、コニーの作る魔道具にも興味はあったしな。

「あ、そっちの方で面白そうなことをやってたらすぐに教えてくれよな。すぐ代わるからさ」

「自由すぎますよロイド様……」

人のいない魔道具部なら誰かに俺の姿を見られることもないだろうし、生徒会などと鉢合わせする機会もないだろう。まさに完璧な作戦だ。

「ま、善処はしやすがね。あまり信頼されても困りやすぜ」

「そんなことないぞ。グリモはいつもよくやってくれてるんだからな」

「な……ふ、ふん。煽《おだ》てても何も出やせんぜ！　おい行くぞキー坊」

グリモは頷く木形代と共に駆け出すのだった。

なんか照れてた？　いや、気のせいだろう。

「魔人とはいえ、あまりに不憫《ふびん》な……」

ジリエルがグリモを見送りながらぽつりと呟いている。

よくわからんがこれであちらは問題なし、だな。

「さーて、今度は魔道具部を堪能させて貰いますか」

というわけで俺はコニーの元へ戻るのだった。

◇◇◇

「ようこそロイド君、ここが我が魔道具部だよ」

コニーに案内されて辿り着いたのは、校舎からかなり外れた物置小屋だった。

「見るからにボロですね。彼女以外部員が入らなかったのも頷けるというものです」

「でも外から見るより中は広そうだな。とりあえず入ってみよう。お邪魔しまーす」

扉を開けて中に入ると、部屋の中には色とりどり、奇々怪々、一種異様……そんな物体たちが堆《うずたか》く積み上がっていた。

「おおー、すごい数の魔道具だ」

「歴代の先輩方が作った物が殆どだけどね。置き場がなくてこうなっちゃったみたい」

成程、魔道具のスペースを確保する為に離れた場所に部室を作ったというわけか。

眺めていると、それらの中でも幾つか目立つ物を見つける。

「これとこれとこれ、コニーが作った物だろう？」

「！　よくわかったね」

わからいでか。コニーの作った魔道具のクオリティは他のとは一線を画している。

術式の密度、洗練された美しさ、その構造の巧みさ……まさに見ればわかるというやつだ。

「ふーむ、私には違いが判りませんが……ロイド様が仰るならそうなのでしょう」

「あぁ、これなんか見てみろ。こんな小さいのにすごいピカピカ光るぞ」

転がっていた箱状の魔道具を拾い、スイッチを押してみると中から様々な色の光が飛び出し、音楽が鳴り始める。

オルゴールの超すごい版って感じかな。勿論《もちろん》音質も全然違う。

他にも勝手に踊る人形や、自動で動く車のようなものなどを作っているようだ。

あのガラスチューブが渦巻いたような巨大な装置は何に使うのだろう……どれも面白いな。

「しかしコニーの作成した魔道具は妙な物ばかりですね。確か魔道具というのは魔術を使えない者が魔術師に対抗する為に作られたはず。故に武器のような物が多いはずなのですが」

ジリエルの言う通り、魔道具というのは魔術の代わり、もしくは武器として使われるような物が殆どだ。

しかしコニーの作った魔道具はどれも殺傷能力がない。術式自体は見事なものだが、言ってみれば子供のおもちゃみたいな物ばかりである。

「私の作った魔道具、変わっているでしょ？　普通、魔道具は武器として使うものが殆どだけど、私はそう言うのあまり好きじゃないから」

おかげでコニーは学園では変わり者扱いされているようだが——

「わかるよコニー、俺も同じだ」

俺もまた魔術の楽しさ、術式の美しさに惹《ひ》かれてこの道に入ったクチである。別に威力は求めてない。

だから魔術において攻撃力のみが評価されるのはどうかと思うし、何の為にあるのかわからないような魔術だって俺にとっては等しく価値があるのだ。

「ロイド君はわかってくれるのね。……なんだか嬉しい」

そう言って俯くコニーはなんだか嬉しそうだ。

「魔術に威力は求めてない、ですか。確かにロイド様の魔力を以てすればどんな下級魔術でも威力は十分過ぎますしね……」

ジリエルの言う通り、逆に高位魔術は威力があり過ぎて使い難《にく》いくらいである。

俺が下手に撃つと周りの地形を破壊してしまうからな。

だから基本的に俺は攻撃魔術を使う際はかなり威力を絞っているのだ。


「そうだコニー、よかったら魔道具に魔力をチャージしようか？」

魔道具というのは術式を利用している為、魔力がなければ動かない。

故に魔道具使いは知り合いなどを頼ってどうにか魔力を集めなければならないのだ。

その役目を買って出たわけだが、

「ううん、気持ちは嬉しいけど必要ない」

断られてしまった。

コニーが目配せする先、そこには巨大な滑車のような魔道具が置かれている。

「あれは回転式蓄魔機というもの、回転エネルギーを魔力に変換する魔道具なの。これで他の魔道具に使う魔力は十分に賄えているのよ」

「へぇ、面白いな」

車輪を軽く回してみると、確かに滑車の動きに連動して魔力が発生しているのが分かる。

ふむふむなるほど。滑車とその接地面に片側ずつ術式を付与し、回転のたびに術式が完成。魔力を発生させるというわけか。

「ちょっとやってみてもいいか？」

「もちろん」

コニーの了承を貰い、俺は車輪の中に入る。

この中で走れば車輪が回転するというわけだな。

「まるでハムスター小屋に入れる滑車ですね……」

「洒落《しゃれ》が利いてていいじゃないか。それに構造も理に適《かな》っている」

大掛かりに見えて一分の無駄もない設計。これならかなりの魔力を生み出せるだろう。

さーてどれほどのものか、試させてもらうとするか。

「ふっ……！」

掛け声と共に駆けだすと、ずっしりとした重みが足に掛かる。

とはいえ問題はなし。滑車の中で走り始めると、横に設置された蓄魔ゲージが増えているのが見える。

ほうほう、回す速度を上げれば魔力の貯まる速度も上がるんだな。……よーし、ちょっと本気出してみるか。

そうと決まれば俺は『身体強化』を多重発動させる。全身に力が漲《みなぎ》り、筋力が増大、身体が一回り大きくなった。俺は溢れる活力の赴くままに足を踏み出す。

ぐん！　とゲージが上昇する速度が一気に上がっていく。

「100……200……す、すごい勢いで魔力が貯まっていくよ！」

「これがロイド様『身体強化』……そこらの力自慢など比べ物にならない程の運動能力、見事な肉体美でございます」

二人は驚いているが、この姿はいまいち動きにくいんだよなぁ。

無計画に鍛えた筋肉はしなやかさに欠け、身体も痛めやすいとかシルファも言ってたし。

「もう十分だよロイド君！　それ以上はパンクしちゃう！」

「おっと」

どうやら魔道具の方に限界が来たようだ。よく見ればバチバチと火花を散らしている。慌てて滑車から飛び降りる。

……ふぅ、すごく熱くなっている。危うく壊してしまうところだったな。『身体強化』を解除すると身体も元に戻る。

コニーも胸を撫で下ろしている。

「ごめんごめん、やり過ぎた」

「……こちらこそ注意不足。ロイド君って思ったより運動出来るのね」

まぁ全部魔術のおかげなんだけど。あとはまぁ、シルファに鍛えられてるからな。

ともあれ、しばらくはコニーと魔道具作りに勤しむとしますか。

「ロイド様、それにしても妙だと思いませんか？」

部活動が終わって帰宅途中、ジリエルが声をかけてくる。

「コニーの作成した魔道具は機能の割に異常に魔力貯蓄量が多く作られているように見えます。子供の玩具程度のものにここまでの魔力は必要ありますまい」

「そういえばそうだな」

魔道具の術式は粗方見せてもらったが、どれもこれも魔力貯蓄量、更にその消費量が妙に多い。

コニーの技量ならもっと減らせるだろうに。むしろ消費量を多くしているようにすら思える程だ。

「特に彼女は魔力を持たない身、普通なら出来るだけその消費量を減らすべきかと思うのですが、これでは逆でしょう」

「偶然じゃないか？　もしくは何かの実験とか」

術式というのはかなり複雑で、何が起こるかわからないものだ。

俺も魔術の威力を減らそうとして逆に上げてしまったり、暴発したことも結構あるからな。

「そう、ですね。わざと増やす必要もありません。あの回転式蓄魔機を稼働させるのも大変そうでしたし」

「俺が大分貯めておいたから、しばらく持つんじゃないかな」

あの蓄魔機もかなり貯蔵量がありそうだったしな。

「ロイド様ぁー！　生徒会の仕事、終わりやしたぜー！」

そんな話をしていると、木形代とグリモが帰ってきた。

「おかえりグリモ」

あの顔からして上手くやったようである。

どれ、後でどんな楽しいことをやっていたか、聞かせてもらうとするか。

◇◇◇

「ねぇロイド、もしかしてこっそり生徒会に入ってたりする？」

寮に帰って休んでいると、レンがおずおずと声をかけてくる。

「あぁ、よくわかったな」

「やっぱり！　絶対そうだと思ったよー。生徒会に脅威の新人来《きた》る！　正体不明の凄腕魔術師！　その正体や如何に！　……ってさ。聞いた瞬間絶対ロイドだと思ったもん。どうするの。学園中で噂になってるっぽいよ？」

「誘われちゃってな。断り切れずに」

「そんなこと言って、どうせノアさんの魔術に釣られたんでしょう？　魔術師の始祖、その子孫だものねー」

ジト目を向けてくるレン。何故わかるんだ。

「……ちなみに学園愚連隊にも凄い新人が入ってきたって耳にしたけど、まさかそれも……？」

「あー、まぁな」

俺が頷いて答えると、レンはわかりやすく大きなため息を吐く。

「学園を仕切る二大グループを掛け持ちって……目立ちたくないとはとても思えないんだけど……」

それもまた致し方ない話である。

ただ好奇心と天秤《てんびん》にかけた結果、こうなっただけなのだ。更に魔道具部も掛け持ちしていることは言わない方がいいかもしれない。

「でもそんなことしてて、仕事が重なったりしないの？」

「生徒会の仕事は朝が多いし、ガゼルの方は放課後が殆どだからな。被ったことはないぞ」

「そうは言っても鉢合わせしたりとか……」

「心配しなくても、その辺りはグリモに任せている」

「あ、そうなの。だったら安心かも」

さっきまで心配していたレンだが、グリモという言葉を聞いた途端に安心して頷く。

なんだその信頼度は。軽くショックである。

「まー一応上手くはやってるつもりですが……あの二人、どうも最近様子がおかしくってよ。注意が必要かもしれませんぜ」

「どういうことだ？」

「あの兄弟、仲が悪いのは知ってるでしょう？　どうやらお互いにいい新人を手に入れたっつー情報を入手したらしく、以前にも増してバチバチしてるんでさ」

「へぇー、そうなのか」

よくわからないことで張り合うんだなぁ。

本当に仲が悪いならわざわざ相手にする必要もないと思うんだけれど。

「ロイド様、その魔人の言う通り、少々気をつけた方がよろしいですよ。古来より人間というのは何かと他人と比べたがるものです。自分と相手、どちらが優秀な人材を手に入れたかを試したくなってもおかしくはありません」

「特に兄弟なら尚更ですぜ。しかもそうなったらロイド様は一人しかいやせんからね。どうなるかは想像に難くねぇでさ」

確かに俺が二つのグループに同時に在籍しているのがバレてしまったら、結構な問題になるかもな。

二人は仲が悪いようだし、もしかしたらどちらか辞めさせられてしまうかもしれない。下手すれば両方から……むぅ、それは困るぞ。

「何か手を講じる必要があるだろう。……そうだ、あれなんか使えるかもな。ふふ」

「ロイド様が不気味に笑っておられる……」

「嫌な予感しかしねぇぜ……」

失礼な。上手くいけば二人は仲直り、俺の正体もバレないというまさに一石二鳥の手なんだぞ。

ま、ここは俺に任せて貰おうじゃないか。

◇◇◇

「そういえば聞いたかよ？　ガゼル君の舎弟って実はあまり凄くはないらしいぜ」

男子生徒の噂話にノアの耳がぴくんと動くのを俺は見逃さなかった。

そして、その日の放課後のことである。

「聞いたかしら？　生徒会に入った新人さん、意外と普通らしいわ」

女子生徒の噂話にガゼルが眉を顰《ひそ》めるのを俺は見逃さなかった。

よしよし、二人とも意識しているようだな。作戦は上手くいっているようだ。

――作戦というのはつまりこうだ。

お互いの新人の評判がなまじ高いから、相手と自分どちらの新人が上かが気になっているのだ。

だったら逆に評判を下げてやればいい。期待の新人がそうでもないと分かれば、わざわざ比較しようとはしないはず。むしろ隠したがるだろう。うんうん、我ながら見事な作戦である。

「俺らを人間どもに取り憑かせて噂を流すなんて、相変わらず手段を選びやせんね」

「しかしそう上手くいくでしょうか？　噂話などというものは制御が難しいものです。ロイド様の思惑通りに行くとは限りませんよ」

「ははは、心配性だなぁ二人とも」

そう言って笑い飛ばしたものの……数日後、事態は急変する。

「――許せないな」

静かに、しかし強い口調でノアが言う。

「愚弟どもは君に関するありもしない噂話を流している。我々だけならまだいい。しかし優秀な君を貶《おとし》めるような真似は決して許すことは出来ない」

ノアの言葉にうんうんと頷く他の生徒会メンバーたち。

しかも話は生徒会だけでは終わらない。

「野郎ども！　生徒会の連中はロイドのありもしねー悪い噂を流してやがる！　ったく見損なったぜあのクソ兄貴、俺たちだけならまだわからんでもねぇが、こんな優秀な奴を叩くなんて絶対に許せねぇ！」

周りの者たちもうんうんと頷いている。

なんだこの状況。どうしてこうなった。

「お互いの悪い噂を流してるから、自分側への悪口も耳に入るでしょうぜ」

「然り、お互いの有望新人を馬鹿にされたら、より険悪になるのは必然でしょう」

当然だとばかりに頷くグリモとジリエル。

うーん、ちょっと考えが甘かったかな。中々上手くいかないものである。

そんなことを考えていると、ガゼルが俺を睨んでいるのに気づく。

「おいロイドぉ、何ボサッとしてやがる。これはテメェが不甲斐《ふがい》ないせいでもあるんだぜ。男なら自分のケツくれぇ自分で拭きやがれってんだ！」

「というと？」

「噂は所詮噂だと、周りの連中にわからせてやればいいのさ。生徒会に入った新人とお前、どちらが優れているか白黒つけるんだ」

ガゼルは拳を握り締めると、更に語気を強める。

「クソ兄貴とはもう話をつけてきた。明日の放課後、お前と生徒会の新人でバトってどちらが強《つえ》えか決着をつけるってな。絶対に負けるんじゃあねぇぞ！」

びし、と俺を指差すガゼル。

愚連隊期待の新人と生徒会期待の新人、どちらが上か戦って決めろ、とな。

えーっと……それってまさか、もしかして——俺と俺が戦う、と。そういう話か。

「いやいやいや、そいつは流石に無茶ってもんでしょう！」

「不可能ですよ。如何にロイド様といえど……」

「——いや」

俺はそう言ってニヤリと笑う。

「今度こそいい考えが浮かんだぞ。俺に任せてもらおうか」

そう言って胸を叩く俺を、グリモとジリエルは冷めた目で見つめるのだった。

◇◇◇

そして迎えた放課後、人目につかない校舎裏にてノア率いる生徒会とガゼル率いる愚連隊が集まっていた。

俺はというとガゼルの傍に佇み、ただその時を待っている。

「しかしよロイドぉ、何だってそんな仮面を付けてるんだ？」

「目立ちたくないからね」

仮面には入念に幻想系統魔術をかけ輪郭を暈《ぼか》しており、俺の正体は知られないようになっている。

かなり厳重に仕掛けており、目の前にいるノアにも悟られてはいないようだ。

憮然《ぶぜん》とした顔で俺たちを睨《ね》め付けるノアの傍らには、俺と同様仮面を被った少年——すなわち木形代に入ったグリモが立っていた。

「まさかとは思いやしたが、本気でこんなことをやるとは驚くしかねぇですぜ」

グリモから呆れたような念話が届く。

──つまり俺の画策というのはこうだ。

俺とグリモで決闘の真似事をする。

それなりの戦いを見せれば皆も納得、誤解も解ける。

そして俺は大手を振って二つのグループに入り浸れる、というわけである。

うーん完璧な作戦。今度こそ勝ったな。


「しかしそう上手くいくでしょうか。あの魔人如きにロイド様の相手が務まるとは思えませんが……」

「なーに、加減するから大丈夫さ」

「──その必要はねーかもしれやせんぜ」

俺の言葉にグリモはどこかぶっきらぼうに答えた。その瞬間である。

ずずん！　と轟音が響き俺の足元が揺らぐ。

地面から生えたのは黒い閃光《せんこう》。

「おおっ⁉」

常時展開していた結界ごと上空に吹き飛ばされた俺は、そのまま『浮遊』で空中に留まる。

そんな俺を睨み上げるグリモの両手には、巨大な炎の塊が燃え盛っていた。

「焦熱炎牙ぁ！」

炎の牙が唸りを上げながら俺目掛けて迫る。

いきなりの連続攻撃で少しびっくりしたが、グリモもやる気なようで何よりだ。

「それにしてもこの焦熱炎牙、何かちょっと妙な感じだよな」

グリモの魔術はお遊びで何度も浴びたが、全てオーソドックスなものだった。

しかしこの焦熱炎牙の術式に僅かではあるが違和感を覚える。……ふむ、気になるな。

俺は早速結界を解除し、素手で焦熱炎牙を受けてみる。

「っつ！」

もちろん痛い。

魔術による肉体強化、常時回復をして更に纏《まと》った魔力でガードしている俺だから大丈夫なのであって、よい子のみんなは素手で最上位魔術を触るなんて危険な真似しないようにな。

「いや、するわけがないでしょう！」

「あちち」

肉の焦げる匂いと共に術式が流れ込んでくる。

ふむふむ、一見普通に見えるがやはり違和感があるよな。……ん、術式を描く魔力線、その一部分の色が少し変だぞ？

不思議に思った俺がそれに触れた瞬間である。

ずどぉぉぉぉぉん！　と爆音が響き渡り、凄まじい衝撃が俺を襲う。

何が起きたかも分からぬまま吹き飛ばされた俺の背後に生まれる気配。

「へへへ、絶対触ってくれると思ってたぜ」

耳元でグリモが囁《ささや》くのとほぼ同時、黒く染まったグリモの足が弧を描く。

俺の脳天に振り下ろされた一撃をガードしたものの、先刻の炎と合わせて両腕から血《ち》飛沫《しぶき》が舞う。

「へぇ、術式そのものに罠《わな》を仕掛けたのか」

魔術というのは術式に魔力を流すことで発動するわけだが、術式そのものに誤りがあるとそこで暴発、弾けてしまう。

グリモはそれをわざと作り、俺に触らせることで強力な爆発を引き起こしたのだ。

変わった術式を見ると思わず結界を解除してでも触ってしまう俺の癖を利用した見事な罠である。

「ロイド様くらいにしか効きやせんがね！　効果はテキメンなようですな！」

咆哮を上げながらの連続打撃。

魔力を纏った一撃を防ぐたび、ガードした俺の腕が軋《きし》みを上げている。

「何故結界でガードしないのですかロイド様！　血が出ておりますよ！」

「出来ねぇんだよ！　結界の再展開には膨大な時間がかかるからな！」

グリモの言う通り、結界は一度解くと再展開にはかなりの時間がかかる。

故に俺は常時複数枚の結界を展開し、破られた瞬間に新たな結界を展開出来るよう術式を組んでいるのだ。

しかし破られたのではなく自ら解除した場合はその限りではない。

「オラオラオラオラァ！」

その間にも連続して繰り出される打撃の嵐。

言うまでもなく、魔術師というのはその悉《ことごと》くが近接戦闘を苦手としている。

殆どの魔術には詠唱があるし、発動にも若干のタメがあるからな。俺とて例外ではない。

仕方ない。ここは近接戦に付き合うか。

「光武+ラングリス流……」

掌に生み出した光の剣を握ろうとした時である。掌に激痛が走り、思わず弾いてしまう。

「ロイド様ぁ！」

落としかけた光の剣を左手に宿ったジリエルが拾う。痛みは……ない。

どうやら左手は大丈夫なようだが、右手は違う。

見れば俺の掌には、何か黒いアザのようなものが浮かんでいた。

「悪《わり》ぃがロイド様よぉ、そいつも想定済みですぜ」

勝ち誇ったような笑みを浮かべるグリモ。

これは魔力痕か。無防備な状態で強い魔力に当てられると、肉体が拒絶反応を起こしこれが生じる。

もちろん俺が魔力に対して無防備なんてあるはずはないが、グリモを宿していた右掌だけは例外だ。

表皮一枚、とはいえそこだけは完全にグリモの支配下だったので、魔力痕を残すことも容易だったろう。

「──ラングリス流剣術、針鼠」

咄嗟に左手で握り直した光の剣で高速突きを繰り出すが、あっさり躱されてしまう。

「ひゃは！　おせぇおせぇ！」

やはり利き手ではないからな。威力も速度も半減だ。

距離を取るどころか逆に数発のカウンターを貰ってしまった。

「どうしたんですかい⁉　まさかこの程度で終わりじゃあないでしょうねぇぇぇ！」

反撃も封じられ、防戦一方の俺に容赦のない打撃が降り注ぐ。

結界を消され、接近を許し、しかも片手を封じられた。ここまで追い詰められてしまえば、相当の実力差があろうと魔術師側がそれを覆《くつがえ》すのは困難だ。

「ロ、ロイド様……！　しっかりして下さい！　くっ、かくなる上はこの私が……」

ジリエルの放った光武をグリモが軽々弾き飛ばす。

「クソ天使が！　引っ込んでな！」

勢いそのままに突進してくるグリモ。

その手にはグリモ最大の魔術を携えていた。

極黒螺旋撃《らせんげき》、グリモの使う古代魔術の中で最も破壊力に特化したものだ。

タメが大きく、かつ近距離でしか十全の効果を発揮しないがその分威力は折り紙付きで、俺の結界すらも破壊する程である。

「コイツで、終わりだぁぁぁ！」

極大の魔力球を凝縮させた一撃が俺の胸目掛けて突き刺さる。その寸前で止まった。

「な……け、結界⁉」

驚愕《きょうがく》に目を見開くグリモ。その攻撃を防いだのは風系統下級魔術『風球』だ。

この魔術は空気の球を生み出しぶつけて攻撃するのがオーソドックスな使い方だが、飛ばさず待機発動させることで空気の塊で相手の攻撃を和らげるということも可能である。

そんな風球を軍事魔術を応用し、大量、かつ圧縮した上で俺の前面に展開したのだ。

数万を超える圧縮された空気の球、それが盾となってグリモの攻撃を殺し切ったというわけである。

「そして結界は復活する」

ついでに傷も治る。

「治癒光は人体に作用する魔術、回復自体は人体次第な為、どうしても効果が低くならざるを得ない。あれだけの傷を癒やすには数日は付きっきりでかけ続けねばならないというのに……恐るべしロイド様……」

ジリエルが何やらブツブツ言っている。

肉体の自己修復力だけで治療しようとするから時間がかかるのであって、魔術で作り出した血肉をそのまま貼り合わせればそこそこの速度で治癒は可能だ。

それでも数秒はかかるけどな。

「ぐっ……やはりつえぇ……強すぎる……！」

グリモが歯噛《はが》みしているが、結構いい線いってたぞ。

俺の弱点も上手く突いていたし、グリモ自身の魔力も相当に増している。

昔戦った魔族クラスには苦戦したかもしれない。

「ともあれ、十分ここらで勝負はおしまいだろう。降りるぞグリモ」

「……へい」

短く答えるグリモと共に、俺たちは皆の待つ地上へと戻るのだった。

「うおおお！　やるじゃねぇか！　すごかったぜロ……ロジャー！」

降りてきた俺をガゼルが迎える。

ロジャーは言うまでもなく偽名だ。俺の名を呼ばれたら即バレてしまうからな。

「全く以て驚かされた。正直言ってここまでとは思わなかったよロデオ」

もちろんノアの方にも抜かりなくそう伝えている。当然他の者たちにもだ。

「いやぁしかし大したものだぜ。お互いあれだけの大魔術を連発して、互いに無傷とは！」

「あぁ、二人は本当にすごい魔術師だ。生徒会は君のことを誇りに思うよ」

皆々に囲まれ、俺たちは担ぎ上げられんばかりに讃《たた》えられる。

「だが引き分けってのはおもしろくねぇな。あのままやってりゃロ……ジャーが勝っただろうぜ」

「それは聞き捨てならないな。どう見ても優勢だっただろう。見てわからないのか愚弟」

「何ィ？」

「何だ？」

「まーまー、落ち着いて二人とも」

またも火花を散らし始めるノアとガゼルの間に割って入る。全く仲が悪い二人だな。

ともあれ二人とも本気でやり合わせるつもりはないらしく、なんとか切り抜けたというところだろうか。

やれやれと一息吐いていると、ガゼルがグリモ操る木形代の頭に手を載せる。

「しかしお前ら似てるなぁ。名前もそうだし、もしかして双子だったりしねぇか？　ははっ！」

そしてぺしんと頭を叩いたその瞬間、ボロッと木形代の首がもげた。

「んなぁ――――っ⁉」

その場の全員が驚き声を上げる。

しまった、さっきの戦いで傷んでいたのか。俺について行くのにグリモもかなり無理をしただろうからな。

「オンッ！」

皆がその出来事に戸惑う中、飛び込んできたのはシロだ。

シロは木形代をその毛の中に隠してしまう。

ナイスだシロ。俺はその隙に幻想系統魔術『幻視天蓋』を展開し、かつ即解除する。

一瞬の空間の揺らぎ、その異変に皆もすぐ気づく。

「この気配……幻想系統魔術？」

流石ノア、優秀だな。

俺が今使った『幻視天蓋』は結界内にて幻を見せることが可能。

つまり先刻の俺とグリモのバトル、それを幻だと皆に思わせようとしたのである。

俺一人でやったと見せれば、グリモの失態を誤魔化せる。

だがこれは俺としては苦肉の策なんだよな。何故なら俺の自作自演がバレてしまうからだ。


「……なるほど、今の戦いは幻……見事な幻想魔術だが最後は気が抜けたようだ。我々にそれを気づかせてしまった」

「まぁ俺は薄々おかしいとは思ってたがな。……つーかよ、それってつまり、俺の舎弟やりながら生徒会に入ってたってことだよなぁ？」

ノアとガゼル、二人の視線が突き刺さる。

「確かに生徒会と他の部を掛け持ちしてはいけない、とは言いませんでしたが……あまり感心出来る行為ではないな」

「俺らの仲が悪ィことは知ってるだろうが。にもかかわらず掛け持ちしやがるとはいい度胸してやがるじゃねぇか」

「いやぁ、それほどでもないけど」

「……言っとくが褒めてねぇからな」

照れる俺に、二人は呆れたように白い目を向けてくる。

「言ってなかったとはいえ私とこの愚弟は犬猿の仲、すぐにそちらは辞めて貰いましょうか」

「あぁそうだな。ロイド、てめぇは中々見所はあるが、クソ兄貴と同じ組織にいられちゃ面白くねぇ。向こうを抜けてこっちに来るよなぁ？」

バチバチと火花を散らし合うノアとガゼル。

うーむやはりこうなるか。

グリモの件はうやむやにできたが、このままでは二人の組織から追放されてしまう。それは困るんだよなぁ。

「さぁどうするんだいロイド君？」

「もう言い逃れは出来ねえぜ？」

「さぁ！」

「さぁ！」

二人に詰め寄られ後ずさる。

むぐぐ……どうしよう。

「えーと、その……い、一週間だけ待って欲しいんだけど……だめ？」

二人は不満げに顔を見合わせ、しばし考えた後、渋々と言った様子で頷いた。

◇◇◇

「はぁ、参ったな」

俺は何度目かの深いため息を吐く。

あの場はどうにか切り抜けたが、一週間とかでそんなすぐにいいアイデアが出るはずがない。

ただでさえ俺は人付き合いはそんなに上手くないからな。やれやれ、参ったぞこれは。

かと言ってまだノアとガゼルは観察したい。

二人がバトルしてる際にも毎回小競り合い程度で終わっているし、どうも彼らが使う魔術は強力なプロテクトがかかっているようで『鑑定』などでも詳細なデータが見られないのだ。

変わった魔術書なども隠し持っている様子はないし、恐らく彼らの血に刻まれた血統魔術の一種なのだろうが……うーん、本当にそそられる。

やはりここで手を引くのはありえない。

もう少し信頼を得たいところだが……こんなことになっちゃったしな。

どうしたものかと考えていると、扉をノックする音が聞こえてくる。

「やぁロイド、いるかい？」

「アルベルト兄さん！」

入ってきたのはアルベルトだ。

手にはティーカップを二つ持っている。

「夕食の時から随分と浮かない顔をしていたからね。様子を見にきたんだよ。シルファなんかずっと心配していたぞ？」

「はは……」

その様子が思い浮かぶようである。

アルベルトは俺の机にティーカップを置いた後、自分はベッドに腰を下ろす。

「何やら悩みでもあるのかい？　僕に話してみるといい。力になれるかもしれないよ」

ふむ、確かにアルベルトに相談するのはいい手かもしれない。

アルベルトはよく宰相たちの諍いを見るや、争いが本格化する前に互いの話をよく聞き、収めていた。

何とも見事な手際だと感心したものである。

そんなアルベルトなら、ノアとガゼルを仲良くさせる方法も思いつくかもしれない。

「ええっと……実は俺の学友二人がとても仲が悪くて、どうにか仲良くさせたいのですが……」

「ふむ、それはもしやボルドー兄弟のことかい？」

「！　何故それを？」

「はっはっは、なるほど合点がいったよ。ロイド、お前が二人の組織に同時に属していたんだね？　そしてそれがバレて問い詰められた、と。何とか窮地を脱しようとあの二人の仲を改善しようとしたわけだ」

何ということだ。そこまで完全に把握されていたとは。

「そんなに驚くことじゃないだろう？　ロイドの性格ならそうするだろうしね。何年お前の兄をしていると思ってるんだい？」

「……恐れ入りました。全くもってその通りです。何かいい考えはないでしょうか？」

俺の言葉にアルベルトはふむ、と言って顎先に指を当てる。

「そうだな……僕ならまず二人の話によく耳を傾け、お互いへの思いをしっかり吐露させる。その後、それらの感情をほんの少しだけ良いように曲げて二人に伝えてあげるんだ。それを何度か繰り返してからお茶会を開くんだよ」

「！　なるほど、お茶会ですか！」

そういえばアルベルトはよく人を招いてはお茶会を開いていたな。

香り高い茶葉には精神をリラックスさせる効果がある。そんなお茶を飲みながらなら、いがみ合わずに落ち着いて話もできるということだろう。

「流石はアルベルト兄さん、いいアイデアをありがとうございます」

「あぁ、お安い御用さ。……だがロイド、あくまでもお茶会は手段の一つ、まずは二人の話によく耳を傾けるのが重要だぞ？　あの兄弟の仲の悪さは他の科にも聞こえる程に有名。そんな状況で直接お茶会を開いてもまともな話には……いや、賢いロイドのことだ。そんなことは百も承知か。きっと何か手を考えているのだろう。それにしても魔術にしか興味がないと思っていたロイドが、喧嘩の仲裁を買って出るとはな……兄としては下手に口出しをせず、弟の成長を見守るべきだろう。ふふふ」

アルベルトが何やらブツブツ言いながら笑っているが、それより俺はお茶会のことで頭が一杯だった。

あれをこうしてああして……ふふ、上手くいきそうだな。

◆◆◆

「おい、魔人」

ロイドらの寝静まった夜、ジリエルが不意に声を発する。

「あぁん？　何だよクソ天使」

「昼間の戦いぶり、貴様ロイド様を殺す気だったろう。ロイド様の性格を利用し、かつ本気では戦えないような状況。更に入念な罠を張っていた。あれでそのつもりはなかった、とは言わせんぞ」

真剣な声のジリエルに、グリモは少し考えて答える。

「……だったらどうした。俺はずっとあいつの身体を乗っ取る為に機会を見計らってんだ。そりゃお前もだろうがよ？」

「た、確かに最初はそうだった。しかし今の私は違う！　ロイド様の力に魅せられ、その従僕としての責務を光栄に思っている！　貴様もそうだと思っていたんだぞ。魔人の割に少しは見所があると……」

「静かにしやがれ。テメェの大事なご主人様が起きちまうぜ」

強い口調のグリモにジリエルは口を噤《つぐ》む。

「んー、むにゃむにゃ……」

ごろんと寝返りを打つロイドを見て、ジリエルはそれ以上は続けなかった。

それでも物言いたげな視線は外さない。

「心配せずとも俺は変わらねぇよ。ずっとな。くくっ」

それはどちらの意味なのだ？　そう問いかけようとしたジリエルだったが、聞いてグリモの真意が知れるはずもない。

「このクソ魔人め……」

ジリエルの呟きは夜の闇に溶けるように消えていった。

◆◆◆

「コニー！　いるか⁉」

翌日、俺は魔道具部に直行する。

中に入るとコニーがいつも通り、何やら怪しげな装置を作っていた。

「わ、ロイド君。どうしたの。こんな朝早くに」

「実は一緒に作りたいものがあるんだ。……これこれこういう魔道具なんだけど」

俺は昨晩書き起こしておいた設計図をコニーに渡す。

「相変わらずいきなりだけど……どれどれ……ふーむ、出来るとは思うよ。でもこの構造なら材質は変えた方がいいんじゃない？」

「へぇ、流石だなコニー。その発想はなかったよ。……じゃあこんな術式を編み込んでみるといいかもな」

「……うん。いいアイデア。やはりロイド君は魔術師ね。ならここもこの材質に変えれば相乗効果でより高い効果が見込めるかも」

「だったら……」

「ついでに……」

気づけば話は思った以上に弾んでいた。

やはりコニーとは話が合うな。

魔術こそ使えないがその分術式への理解は半端ではなく、時折俺でも舌を巻く程だ。

これなら俺の思い描く魔道具が出来るかもしれないぞ。

そんなこんなで俺は連日魔道具部に入り浸り、製作に没頭していた。

このペースなら問題なくお茶会に間に合いそうだ。

「しかしロイド様、何をするのかは存じませんが、わざわざ魔道具に頼らずともロイド様の魔術を使えば大抵のことはどうにかなるのではありませんか？」

「今回ばかりは魔術は使えなくてね」

何せ相手はノアとガゼル、あの二人の前で魔術を使えば、隠蔽したとしても確実にバレてしまうだろう。特に先日のやらかしで向こうも警戒しているだろうしな。

だが魔道具ならそこまで警戒はされていないはずである。

「なるほど、そういうことなら納得です。……それにしてもあの魔人、上手くやっているでしょうか」

なお、グリモは木形代と共にノアたちのフォローへ行っている。

あんなことを起こしたのだ。そのまま顔を出さないわけにもいかないからな。

「グリモなら色々上手くやるだろう。あいつが気が回るのは知ってるだろ？」

「魔人を人当たりの良さで評価しているのは流石と言う他ありませんが……いや、確信を得ずに妙な発言をしてロイド様を困らせるわけにはいかない、か」

ジリエルが何やらブツブツ言っている。

もしかして自分がやりたかったのだろうか。

「ロイド君、ちょっといい？」

そんなことを考えているとコニーが声をかけてくる。リュックを背負い、山にでも入るような格好だ。

「材料の紫咲草を採りに行かなきゃならなくて。作業を進めておいてくれない」

「紫咲草？　あぁ、それなら……シロ」

「オンッ！」

俺はシロの毛皮の中から青紫色の草束を取り出した。

「そ、それはもしや紫咲草⁉　一体いつの間に……」

「必要になると思ったからね。予め手に入れておいたのさ」

先日の打ち合わせの際、様々な薬草類が必要になりそうだったのでレンを連れて採取に行ってきたのだ。

「まさかと思うけど幽玄茸《ゆうげんたけ》も持っている？」

「あぁ、闇雲月花も夏虫冬花の種もあるぞ。これだけあれば足りるか？」

「数の少ない紫咲草をこんなに……それに摘んだ側《そば》から傷み始める闇雲月花や、下手に抜くとボロボロに崩れる骨天草もとてもいい状態で保管されている。手に入れるのも難しいのに処理まで上手なんて、すごいじゃないロイド君」

「まぁ手に入れてくれたのは俺の仲間なんだけどな」

幼い頃、山に捨てられ生きてきたレンは山の知識が豊富だ。

俺の下で学んだ薬学も加わったことで、より頼れる存在となってくれたな。

並べた素材を真剣な顔で見ながら、コニーは呟く。

「……ところでロイド君、もしかしてだけど薬草採取の際に魔蓄石を拾っていたりしない？」

魔蓄石とは、自然界に存在する魔力を蓄える力を持つ希少石である。

現在作っている魔道具には不要だから俺も別に探してはいない。

尤も探したからといって簡単に見つかる物でもない。それ程貴重な物である。

「いいや、拾ってないけど必要なのか？」

「そうか……いや、もしやと思っただけだよ。うん」

あからさまに残念そうにしながら、コニーは作業に入る。

工具を手に、魔道具の調子を確かめるように触っている。相変わらず見事な手際だが
……そういえばコニーの作る魔道具は魔力を蓄えるものが多いよな。

それを作るには魔蓄石は幾らあっても足りないということか。

「……しかし不思議だ。どうもコニーは魔力を貯めることに拘っているように思える」

コニーの作った魔道具はどれも大量の魔力を貯蓄出来る機能を持ったものばかりだ。

高価な魔蓄石に拘らずとも、魔力なしで動く魔道具は多々ある。何か理由でもあるのだろうか。

俺の質問にコニーは少し考えて答える。

「……ノロワレって知っている？」

「あぁ、強い魔力を持ちながらもそれを制御出来ず、忌み嫌われている人たちだろう？」

レンもそうだし、俺は何人ものノロワレと呼ばれるものたちに関わってきた。

総じて他人に嫌われた人生を歩んでおり、闇の世界で生きざるを得なかった者も多い。

「実は、私の育った村はそうした人が多く生まれる土地柄なの」

この大陸には強力な魔物が封じられていたり、神の遺物が現存したり、大規模魔術の実験跡だったりと、大量の魔力が貯まった土地が存在する。

そこでは体内に多くの魔力を蓄えたことで高い魔力を持った者、ノロワレと呼ばれる魔力制御が困難な者、そしてコニーのような特異体質も生まれやすい。

「私の弟も多過ぎる魔力を持って生まれて、物心ついた時からずっと寝たきりだった。医者に見せてもよくならず、結局五歳になる前に死んだ。弟だけじゃない。他の村人たちも似たようなもので、運良く生き延びても制御出来ない魔力は持ち主に牙を剝き続ける……皆をどうにか救えないか、それが私が魔道具作りに取り組もうとした切っ掛け……あ、もちろん魔術は好きよ？」

「わかっているさ」

大体、魔術が好きでなければこれ程の知識、技術は得られないだろうからな。

それに魔術師として術式を学べば、他人の乱れた魔力線を調律することも可能だ。

故に工作に時間の大半を費やす魔道具科より、魔術科に入ったのだろう。

「私だけの力では限界があるけど、魔道具なら誰にでもその治療が出来る。この世界から同じような症状で苦しむ人をなくす。それが私の夢」

魔道具を組み上げながらコニーが言う。

その額を流れる汗がキラキラと輝いて見えた。

「うぅ……なんと健気《けなげ》で立派な少女でしょうか。魔力を持たぬ身で術式を覚えるのは目が見えぬままで書物で学ぶようなもの。相当の苦労があったはず。にもかかわらず他人の為に……なんと立派な！」

コニーの言葉に感動したのか、ジリエルが涙ぐんでいる。

ともあれ色々腑に落ちなかったコニーの行動にも納得がいった。魔力を貯める魔道具は村の人たちから過剰な魔力を吸い取り発散させるためのものだったのだ。

「わかった。魔蓄石だっけ？　手に入ったらコニーにあげるよ。手伝ってくれた礼だ」

「本当？　すごく助かる」

「困った時はお互い様さ」

そう言って俺はコニーと握手を交わす。

コニーと仲良くしておけば、いつか村へ招待されるかもしれない。

そうすればその土地の秘密、人々への影響なんかも知れるだろう。ノロワレが多く生まれる村か……面白そうだな。きっと俺の魔術の研究にも役立つだろう。うんうん。

◇◇◇

そしてお茶会当日、ノアとガゼルが俺の呼び出しに応じ学園中庭に姿を現す。

「やぁやぁ二人とも、よく来てくれたね」

「……」

両手を上げて歓迎するも、二人はどこか不機嫌そうだ。

ま、想定通りではあるけどな。

「光栄にもロイド様からお茶会の誘いを受けておきながら何たる無礼な……」

「わ、わ、シルファさんダメだよ剣は仕舞って仕舞って！」

手伝いを頼んだシルファが腰から剣を抜きそうになるのを、同じく手伝いに来たレンが止めている。

「わかっていますよレン、我々の目標はこの二人を仲良くさせること、でしょう？」

そう呟いて、シルファは剣を抜き放つ。

一閃《いっせん》、テーブルに置かれたケーキが綺麗に切り分けられ、返す刃《やいば》で小皿に取り分ける。

「うおっ、すげぇなメイドさん！　まさに目が眩《くら》む速さってやつか？」

見事な剣技を見たガゼルが感嘆の声を上げた。

「剣術科の麗しき紅薔薇シルファさん、そして新しく薬術科の芳しき紫薔薇となったレンさんですね。なるほど、二人はロイド君の従者というわけですか」

ノアもまた、感心したように頷く。

というかシルファはともかくレンまでいつの間にそんな称号を得たんだ。

「前に仲良くなったって子がいたでしょ？　先日試験があってその点数でボクが勝ったんだよ。それで薔薇の称号はあなたに差し上げますって言われて……ボクはそんな気はなかったんだけど……」

そういえば以前、ノアに聞いたことがある。

薔薇の呼び名は各科で最も優れた者に与えられる称号だとか。

ノアも魔術科のなんとか薔薇とか呼ばれていたっけ。

「おーおー、色取り取りの薔薇様が揃い咲きかい。しっかしロイドよ、周りにこうもすげぇ奴らがいると何かと比べられちまって大変だろ？　わかるぜその悩み」

ガゼルが悪態を吐きながら、俺の方に腕を回す。

「ロイド様は我々など問題にもならぬお方です。優秀な兄を引け目に感じているあなたと同じに考えるのはおやめなさい」

「……あ？　何だとぉ……!?」

ガンを飛ばすガゼルにもシルファは涼しい顔だ。

「ふっ、愚弟には女性の扱いは難しかったようだ。ここは気を静めて頂けませんか？　麗しき紅薔薇嬢」

「いえ、その……キモいです」

「ッッッッッ⁉」

「ぶはっ！」

絶句するノアを見て今度はガゼルが爆笑する。

「ぎゃっはっはっは！　キメェってさぁクソ兄貴よぉ！　ざまぁだな！」

「……黙れ愚弟。消滅したいか？」

「わ！　わーっ！　二人とも喧嘩はダメだって！　ど、どうしようロイド……」

火花を散らす二人の間に入るが止められず、助けを求めるレン。だが想定内である。

「心配するなレン。シルファにはあぁやって場をかき乱すよう頼んであるのさ」

そう、今から使う魔道具の効果を確認するには、出来るだけ二人の感情を揺さぶっておいた方が分かりやすいからである。

故にシルファには二人の感情を逆撫《さかな》でするよう頼んであるのだ。……なんかマジっぽかったけど、多分気のせい。

「ともあれ今こそこの力を発揮する時だ。……ポチッとな」

ポケットの中でボタンを押すと、テーブル下に隠した噴出口から霧が放出されていく。

無味無臭の霧は瞬く間に辺りを包み込んだ。

と同時に先刻まで険しかったノアとガゼルの表情がみるみる緩んでいく。

「んお……アレ？　何で俺さっきまでイラついてたんだっけか……？」

「ふむ……まるで清流のせせらぎを聞いているかのような心地よさ……今までの苛立ちが嘘のように消えていく……」

綻び顔の二人にシルファは椅子を引いてテーブルに招いた。

「どうぞ、お座り下さいませ」

「おおー、悪いなメイドさんよぉ」

「では失礼して……」

言われるがまま椅子に腰を下ろす二人を見てレンが俺に耳打ちをしてくる。

「さっきまであんなに怒ってたのに……これがロイドの作っていた魔道具の効果ってやつ？」

「俺とコニーな。この魔道具『遊々香器』は無数の薬草をブレンドしたものを独自のパターンで焚《た》くことで、様々な香気を生み出すものだ」

現在焚いているのは吸引した者の感情を鎮める効果を持つ香気。それで二人はあんな風にほっこりしているのである。

「ちょっと前に集めてた薬草ってわけね。でも紫咲草を始めとする鎮静効果を持つ薬草は匂いが強いハズだよ。どうして全く匂いがしないの？」

「それについては私が説明しましょう」

横から顔を出してきたのはコニーだ。

「本来であればこれらの薬草が混じった匂いはとても強烈でその場にいるのも辛い程。しかしこの『無臭香器』は特殊な金属線を巻いた釜で焚くことにより完全なる消臭が可能となります。しかし人の持つ感覚というのは意外と鋭いもの、その違和感を消す為に使われているのが銀酸です。これが香気と共に空気に触れると人が持つ微弱な感覚をも狂わせる毒に化ける。いえ毒といっても人体に害はないのですが……」

「う、うん……そうなんだ……」

コニーが丸眼鏡をくいと持ち上げながら饒舌《じょうぜつ》に語るのを、レンは困惑して聞いている。

まぁ端的に言えば、どんな香を使っていても相手には気取《けど》られない魔道具ってことだ。

二人の仲が悪いのはつまりすぐ喧嘩になるからで、鎮静の香気に当てた状態ならまともな会話になるだろう。

「ふぅ、この茶ぁ美味《うめ》ぇなぁ……」

「えぇ、心から温まりますねぇ……」

加えて今、シルファに淹れさせている薬膳茶にも効果を持つ薬草を煎じて入れてある。

さぁ二人とも、仲良くお茶会を始めるとしようじゃないか。

◇◇◇

「おう兄貴、そこの菓子ぃ取ってくれよ」

「ふっ、仕方ないな弟だ。受け取るがいい」

「ありがとよ」

「気にするな。大した手間ではない」

魔道具、そして特製の薬膳茶による鎮静、休心効果は驚く程で、二人は仲良くやっているようだ。

「すごい効果だね……あの二人が仲良くしているよ」

「うん、私の予想以上。もしやロイド君も何かやってる？」

「あぁ、ちょっとだけね」

コニーの質問に頷く。

折角の機会、失敗したら困るので俺は香気の効果を最大限まで上げるべく神聖魔術『眩《げん》光《こう》』を使っているのだ。

本来この手の神聖魔術は悪人を強制的に改心させるものだが、この『眩光』は敵意自体を失わせる効果がある。

そのまま直で使うと気取られる恐れがあったが、香気により意識薄弱となった二人の前でなら最弱で使えば気づかれはしない。

「今なら二人が何で仲悪いのか聞けるんじゃない？」

「ふむ、そうだな」

魔道具作りが楽しくて忘れていたが、そもそも何故二人が喧嘩をしているのかを突き止めるのが目的だっけ。

というわけで早速聞いてみる。

「ねぇ、二人は何故いつも喧嘩ばかりしてるんだ？　仲良くすればいいのにさ」

「何でって……そりゃあまぁ一言で言えば家庭の都合ってやつだなぁ」

俺の問いにガゼルはぼんやりした口調で答える。

「私と弟はボルドー家の後継者候補、物心ついた時から互いに競い合う関係なのだ」

「あーそうそう、そんな感じだぜ」

成る程、そういえば二人はボルドー家の子孫。

幼い頃から競わせて、優秀な方を後継者に決めるのだろう。

「ボルドー家には古《いにしえ》より続く大事な役目がある。不出来な弟にそれを任すわけにはいかないからな」

役目、その言葉を聞いた途端、ガゼルの眉が険しくなる。

「ハッ、その言葉そのまま返すぜクソ兄貴。確かに頭はあんたのが良いかもしれねぇが、ガチでやり合えば俺のが絶対強えー。そんなハナクソみてぇな魔術でどうにかなるとは思えねぇなぁ！」

「ふっ、確かにお前の戦闘力は認めよう。　しかし戦いというのは一人でぶつかるものではない。　知略、策略を巡らすもの。　愚弟のような猪《いのしし》並みの知能では奴らに丸め込まれ、封印を解除してしまう恐れもある。到底役目が務まるとは思えんな」

先刻までのほほんとしていた二人が、役目の話になるや急に熱く語り始める。

そういえばこの大陸には魔人、魔族を封じた祠《ほこら》が幾つもある。なるほど、ボルドー家のお役目ってのはそれらを守ることなのか。

「何ぃ⁉　俺のが相応しいってんだ！　クソ兄貴はすっこんでろ！」

「愚かな。引っ込むのは貴様の方だ。家の役目は私に任せ、愚弟は外界に出て自由に過ごす方が向いているだろう」

「優秀なんだろクソ兄貴！　封印守りなんて危険な仕事は俺に任せて、テメェはその頭で世界平和にでも貢献しとけや！」

「兄の気も知らぬ愚弟め！　兄である私が弟に死ぬかもしれない仕事を任せられると思うか⁉　貴様こそその天才的魔術センスを世の為人の為に役立てながら生きていけ！」

声を荒らげる二人を見て、シルファとレンが互いに顔を見合わせる。

「えぇと……これってつまり、お互いが心底嫌いで喧嘩していたわけではなく……」

「お互いを思いやり、危険な仕事をさせたくないが為にいがみ合ってた、ということでしょうか。何とも紛らわしい……」

がつん！　とノアとガゼルは互いの額をぶつけ、吠える。

「いつ死ぬかわからないようなボルドー家の後継者なんぞに、お前がなる必要はない！」

以前、何かの本でボルドー家の家長は短命だと読んだことがある。

曰《いわ》く、呪われた家系。倒された魔人、魔族の怨念。あまりに強い魔力を持つが故の反動……などなど、色々書かれていたがとどのつまりは当主の使命、魔人、魔族の封印維持がそれほど危険だったからなのだ。

「魔人はともかく、その数十倍の力を持つ魔族の封印には相当の魔力が必要でしょう。自身の器を超えた魔力を使うと寿命をも削る。彼らが短命である理由はそれでしょうな」

納得だとばかりに頷くジリエルだが、俺は口惜しさに歯噛みしていた。

くっ、なんて楽しそうなことをしているんだ。

古の魔人、魔族なんて絶対すごい魔術を持ってるぞ。そんな連中と戯れられるなんて、いいなぁ。羨ましい。

「ロイド様、それより新たに茶を飲ませた方がいいんでないですかい？　奴らかなり興奮していやすぜ」

「おっとそうだな。二人を落ち着かせないと」

シルファに目配せし鎮静効果のある薬膳茶を注ぐよう頼むと、すぐにティーカップを二人の前に並べる。

熱くなって喉が渇いていたのだろう。二人は早速ティーカップに口を付ける。

よしよし、本音も引き出したことだし、あとはこれを飲んで落ち着いてくれれば二人とも仲良くなってくれるだろう。

そんなことを考えていると、俺の掌でグリモが僅かに動いた気がした。


「……？」

俺が疑問に感じた次の瞬間、二人の手からカップが滑り落ちる。

カシャァァン！　と乾いた音が鳴り響き、二人の身体がテーブルに崩れ落ちた。


「ノア！　ガゼル！」

慌てて駆け寄り、二人の背を揺らす。

どうやら気を失っているようだ。二人とも白目を剝き、口からは泡を吹いていた。

続いて駆けてきたレンがティーカップの縁を指で舐め取る。

「ペロッ……これは枯紅花の毒だよ！　一体どうしてこんな所に……？」

「わかるわけがありません。そもそも最初からこの場にそんなものはありませんでした！」

答えながらもシルファは二人の背中をバシバシと叩いている。

枯紅花——以前レンと薬草採取に行った際に見つけたものだ。俺が触ろうとすると、危険だと止められたっけ。

その葉には超即効性の毒があり、人体に入れた瞬間から溶け出して食べた者の意識を失わせる。

数時間で命を奪う猛毒で、対処が遅れると死に至ることも珍しくないとか。

「うオエッ！」

嗚咽《おえつ》と共にガゼルが飲み込んだ茶を吐き出した。

ノアもまた気が付いたようで、ゴホゴホと咳き込んでいる。

「二人とも、大丈夫⁉」

「ゲホッ、ゲホッ……い、一体何が起きたんだ……？」

「何者かがあなた方二人に毒を盛ったのですよ。幸い処置が早くて助かりましたが……ロイド様の茶会を邪魔するとは何と不届きな……」

苦虫を噛み潰すような顔をするシルファ。

毒、か。しかしまず疑われるべきは——

ノアとガゼルは俺に真っ直ぐ疑いの目を向けてくる。

——ま、どう考えても俺だよな。

「ロイド様がそのようなことをなさるはずがないでしょう」

静かに、しかしとても強い口調でシルファが言う。

「そうだよ！　本当に殺す気なら枯紅花なんてわかりやすい毒は使わないし、そもそも回復処置なんてするわけない！　あなたたちに恨みがある誰かが、どうにかして毒を盛ったんだよ！」

レンもまた言葉を続ける。

実際、俺がやったとするならばあまりにも雑なやり方だ。本当に殺したいなら手段はいくらでもある。

二人もすぐにそれはわかっているのか、うむむと唸っている。

「……まぁそうだな。一瞬疑っちまったが、ロイドはもっと真っ直ぐな奴だ。そんな卑《ひ》怯《きょう》な手は使わねぇだろうよ」

「その通り。すぐ近くでロイド君を見ていたが、その行動は清廉にして潔白。裏で動いていた者がいたに違いない……！」

妙に二人の評価が高いが、二人のところにいたのはほぼ中身グリモだった気がしないでもない。

しかし一体何者の仕業なのだろうか。

二人とも生徒たちの信頼は厚いし、毒を盛られるようなことはしていない。

うーん、わからん。


「何かわかるか？　グリモ……」

言いかけて、掌がどうもスースーするのに気づく。

見れば俺の掌にいたはずのグリモはいなくなっていた。

「ロロロロ、ロイド様!!」

慌てたような声を上げたのはジリエルだ。

「私は見ました！　奴が……グリモが二人に毒を盛る様を！」

気づけば、俺の掌からグリモが消えていた。

◇◇◇

当然の話だが、その日のお茶会はお開きとなった。

毒を盛った犯人は誰か、皆はそれを調べるべく各々手を尽くすということらしい。

ノアとガゼルも自分たちを狙った犯人をなんとしてでも探し出す、と意気投合していた。

二人の仲がある程度改善されたようでそこは良かったのだが……

「それにしてもグリモ、か」

俺は部屋に戻り、ジリエルの話を聞いていた。

「えぇ！　茶会の準備をしている時、何やらコソコソしていたのを見ておりました。間違い無く奴の仕業です。それを証拠に今もどこぞへ姿を眩ませている！」

歯噛みするジリエル。確かに現在、グリモの気配は全く感じない。

思えば今朝からグリモを宿している手の魔力密度がやや少なかったな。

恐らく俺が寝ている間に自身の一部のみを残し、本体は抜け出していたのだろう。

茶会で聞こえた声もどこか遠くで喋《しゃべ》っているようだったしな。

「しかしだとしても何故グリモが二人に毒を？　動機がないだろ」

グリモはノアとガゼルと初対面、それに俺の身代わりをさせていたグリモへの二人の反応も悪くはなかった。つまり上手くやっていたのだろう。

なのに何故？　二人を殺そうとする理由が見当たらない。

「……実は先日深夜、グリモがロイド様の身体から抜け出すのを私は見ました。こんな時間に一体どこへと思いながらもこっそりついていくと、グリモが謎の男と密会する現場に遭遇したのです」

ごくり、と息を呑むジリエル。気づけばその肩は震え始めていた。

「あ、あの男は危険です！　薄暗かったのでよくは見えませんでしたがその身体には凄まじい、そして、邪悪な魔力を内包しておりました！　間違い無く魔族！　それもかなり上位のです！」

——魔族、それは魔界にいる貴族的な存在である。

魔人たちの支配者として君臨しており、その力は魔人が束になっても敵わない強さだとか。

以前戦ったことがあるが、実際かなり強かった記憶がある。

「はい。恐らくこの学園には魔族が潜んでいたのでしょう。そいつがグリモに仲間になるよう強要した。魔族相手に魔人程度が逆らえるはずがありませんからね。その魔族の命令でロイド様を裏切ったグリモは二人に毒を盛ったのでしょう。……くっ、私がロイド様に進言していればこんなことには……」

ジリエルは悔しそうに歯噛みしている。なんだかんだで二人は仲が良い。気のせいだと思いたかったのだろう。

そういえば以前魔族と対峙《たいじ》した時のグリモはかなりの怯《おび》えようだった。

魔人に刻まれた本能とでも言うべきか。

あの様子では脅されれば何でも言うことを聞くだろうな。

「なるほどわかった。つまり元凶であるその魔族を倒せばいいんだな」

あれから色々研究をして魔術の幅も増えたしな。丈夫な魔族を相手に思う存分実験するいい機会である。

しかし俺の言葉にジリエルは押し黙っている。

その額に脂汗が一つ、二つと増えていく。そして長い沈黙、ゆっくり答えた。

「進言しなかった理由はもう一つあります。その魔族の持つ魔力——ロイド様よりも遥《はる》かに多いと感じました。如何にロイド様とて危険かと……」

◆◆◆

「おいおいおいおい、俺はあの兄弟にキチンと毒を盛って来いっつったよなぁ⁉」

暗闇の裏庭にて、男の声が響く。

燃えるような赤髪、漆黒の外套《がいとう》に身を包んだ男。

苛立ち故か鋭い目つきはさらに吊《つ》り上がり、まるで半月のように歪《ゆが》んで見えた。


「聞いッてんのかグリカスよぉ！」

男は長く伸びた脚で、地面に這《は》いつくばる黒山羊を踏みつける。

黒山羊――グリモは「ぐっ」と声を漏らしながらも額を床に擦《こす》り付けたままだ。


「へ、へへいヴィルフレイの旦那！　確かに毒は入れやしたんですが……」

「馬ァ鹿、毒を入れてこいってのは毒殺して来いって意味に決まってるだろが！　くだらねぇ言い訳してんじゃねぇ！」

「いでぇっ⁉」

ヴィルフレイと呼ばれた男は、ブーツの底で何度もグリモの頭を踏みつける。

「魔王軍の進撃を退けた一族の末裔《まつえい》……人間如きにそこまで気を回す必要はねぇと思うが、念には念ってことでわざわざ面倒くせぇ手を使ったって言うのに……何で俺の気遣いを無駄にしてるんだオラぁ！」

がんっ！　と一際大きな音を立て、グリモは蹴り飛ばされる。

地面を転がり、壁にぶつかり、倒れ伏すグリモをヴィルフレイは冷たく見下ろしていた。

「まぁテメェは昔からクソでカスだったからなぁ。折角魔軍四天王、緋《ひ》のヴィルフレイ様が何百年も前から目ぇかけてやったってのに微塵も成長しやがらねぇんだからな」

ヴィルフレイはグリモを罵りながらも口角を歪める。

「拾った頃はそりゃもー弱くて弱くて、泣いてばっかりいたなぁお前。ま、その弱っちさがイイんだけどよ。くくっ、つーかお前、久々に会ったらまさか人間如きの使い魔なんぞやってるとは思わなかったぜ？　魔人の片隅にもおけねぇ弱さだろ？　しかもガチで戦って負けてるしよ。雑魚《ざこ》すぎにも程があるぜ。生きてて恥ずかしくねぇの？　ひゃはっ！」

数日前のロイドとの戦いもまた、ヴィルフレイの命令で行われたものだった。

本気で戦え、さもなくば殺す。そう言われて。

「まぁ確かにあのガキ、人間にしてはそれなりの魔力はあったな。身分もそこそこ高そうだし、こっちでの俺の身体として使ってやってもいいかもしれねぇか？」

「ヴ、ヴィルフレイの旦那！　そいつは約束が……！」

慌てるグリモを見て、ヴィルフレイはニンマリと笑う。

「ぷっ、なぁーにを必死になってんだグリモワールちゃんよ。んなもん冗談に決まってるだろ？　大体幾らそこそこ魔力があるっつっても人間如きに俺の大事な魔力体を預けられると思うのかよ？　お前が面白ぇからちょっとからかっただけだっつーの」

「う……そ、それならいいんすが……」

「それに俺の仕事をこなすには、今この状態の方が便利だしな。元々あんなガキの身体には興味ねぇよ」

そう言って、ヴィルフレイの雰囲気が変わる。

「……だがテメェ、今あからさまに安心しやがったな？　人間如きに随分と懐いたもんじゃねぇかよ。えぇオイ」

ヴィルフレイはつかつかとグリモに歩み寄ると、その身体を片手で持ち上げた。

そして深紅の目で睨み付ける。強く、冷たい瞳。グリモはその迫力に硬直した。

「ん？　何だその人形」

「あ――」

グリモの懐から覗く木形代を見つけたヴィルフレイはそれを引っこ抜く。

「何を後生大事に隠してるのかと思えば人形か」

「ヴィルフレイ様！　そいつは――」

「下らねぇ」

ぐしゃり、と砕ける木形代。

バラバラと落ちていく木片をグリモはただ茫然と眺めていた。

それでも尚、動けない。ヴィルフレイの鋭い視線に射貫かれ、ただ涙を流すことしかできなかった。

ヴィルフレイはつまらなそうに鼻を鳴らすと、グリモを放り投げた。

「言っておくがグリカス、弱ぇ弱ぇテメェの飼い主は未来永劫《みらいえいごう》このヴィルフレイ様以外ありえねぇ。俺は優しいから今までのことは水に流してやるが、次に俺を裏切ったら――消すぞ？」

その迫力にグリモはコクコクと何度も頷く。

全身から脂汗が垂れ、唾液を飲み込むのも忘れ口からは涎《よだれ》が零れていた。

ヴィルフレイはそんなグリモをしばし眺めた後、踵を返す。

ようやく解放されたグリモは闇に溶けていくその姿を見送りながら、息を荒らげている。

「ハァ、ハァ……ハハ、ハハハ……やはりヴィルフレイ様はすげぇぜ。凄まじいまでの魔力の奔流、あいつとは比べ物にもなりやしねぇ。これが上位魔族の力ってやつか。逆らえる奴なんかいやしねぇだろ。……へへ、わかっていたのによ。なんで俺は人間なんかに従ってたんだろうな。あんな生意気で、好奇心だけで動いてるだけの魔術バカによ。へへ、へへへ……」

グリモの乾いた笑い声が響く。

震える手で木形代の破片をかき集めながら、乾いた声で笑っていた。

「……ま、もうあいつとは会うこともねぇか。ヴィルフレイ様が展開したのは魔族でも限られた者にしか作れない特殊な結界。いくらあいつがすげぇ魔術師だって言っても、あそこに来るのは不可能。それにヴィルフレイ様の企みが成れば、人間どもはおしまいだ。くくっ、ざまぁみやがれってんだ。この俺様を封印しやがってよぉ。あまつさえ自分勝手に封印を破り、俺を掌に宿らせ、好きなようにこき使って、危険なことに巻き込んで……」

グリモの脳裏に浮かぶのはロイドとの思い出。沢山のそれが浮かんでは消えていく。

気づけばその目には涙が浮かび、ぼろぼろと流れていた。

木形代の破片を強く、強く抱きしめていた。

「ちくしょう。もう、会えねぇんだな……」

消え入りそうな呟きを残し、グリモもまた闇に溶けるのだった。

◆◆◆

「しかしジリエル、本当にこの学園の中に魔族が潜んでいるのか？」

学園最上部、塔の最先端に立ちながら俺は呟く。

どんなに意識を集中させても、魔族の気配は感じない。

ここは魔術師や怪しげな魔道具の多い学園だが、それでも普通、魔族の気配というのは濃厚だ。

超高濃度、かつ大量の魔力……いくら隠れていたとしても俺が気づかないはずがない。

「はい。しかし今この状況でロイド様が感知できないのも致し方ないことかと。奴はこの世界の裏側とでも言うべき場所にいるのですから」

「裏側？」

初めて聞く単語に思わず胸が高鳴る。

「現在我々がいる世界の裏の空間でございます。以前ロイド様は私の住む天界へ来たことがあったでしょう。あのようなものだと思えばよろしいかと」

「懐かしいなぁ」

ジリエルと初めて会った時、俺は何処かからの視線を感じ、それを目印に空間転移した。

そして通常よりはるかに長い空間転移の果てにジリエルの住む天界へと辿り着いたのである。

「じゃあまた空間転移で飛べばいいのか？」

「いいえ、そう簡単にはいきません。その道中は次元の壁で閉ざされていますから」

そういえばあの時空間転移した際に、強い衝撃を感じたっけ。

「しかし俺は簡単に破ったぞ」

「本来は簡単に破れるものではないのですが……今回の問題は強度よりも認識が出来ないことです。現実空間を変質、融合させることで成立する次元の壁は何者も認識できない不可視の壁。例えるなら水中にて氷塊を見つけるとでもいいましょうか。確実に認識した状態でなければ突破は不可能です」

「なるほど、水の中で氷は見えず、触れようとしても何処かへ移動してしまう、か」

頷くジリエルは難しい顔をしたままだ。

「私はグリモのすぐ後を追ったから辿り着けましたが、何の手がかりもない今、次元の壁を見つけるのは如何にロイド様とて不可能。せめてグリモにこちらとコンタクトを取ろうという意思があれば話は別なのですが……」

あの時はジリエルの視線があったからそれを辿っていけたんだよな。

グリモの気配でも感じ取れればそれを道しるべに移動できるのだろうが……残念ながら今は何も感じない。

「……グリモは本格的にロイド様と手を切るつもりなのでしょう。現在奴が魔族に従っているのなら仕方ないことですが、ともあれこれでは裏側へ行くのは叶《かな》いません。一体どうすればよいのでしょうか……」

「ん？　つまりその次元の壁とやらを突破すればいいんだろう？」

見えない壁を突破するとは、なんとも面白そうじゃないか。

「い、如何にロイド様と言えど、次元の壁を認識するのは流石に……」

「まぁ色々試してみるさ」

以前次元の壁に触れた感触、あれは魔力起源によるものだ。

ならば目に魔力を集中すれば見えるだろう。

確かに水中の氷は見難いが、十分に視力を上げれば見えないはずはない。

普通の出力では無理ならいつもの十倍ならどうだろうか。

俺は短く息を吐くと、全身の魔力を練り上げ、それを目に集中させていく。

世界の精度が徐々に上がっていき、赤、青、黄……極彩色の光の渦が俺の目を貫いた。


「……うわっ⁉」


思わず解除し目を閉じる。

いきなり色々な光が飛び込んできたからびっくりしたぞ。

そういえば一部の生物は人間には見えない光を感知して生きているというのを生物図鑑で見たことがある。今の光の渦、まさしくあんな見え方をしているのだろうか。

あまりの情報量、だが沢山の光の奥に何かが見えた気がした。

「さっきは目が眩んだけど、見える光の量を調節すれば……」

再度、俺は練り込んだ魔力を目に集中させていく。

同時に無関係そうな光は全てカット。無駄な光線が排除され視界が広がった分、目に集める魔力を増やし精度を上げていく。

様々な色や線が消えていき、黒に染まった視界の中、空に浮かぶ一本の線が見えた。

目を凝らせば学園の丁度真上に巨大な半透明の球体が浮かんでいる。

「あれが裏側ってやつか」

「え、えぇ……」

目を丸くしながら頷くジリエル。

ふむ、見たことない構造の結界だな。術式を用いるというよりは、魔力を性質変化させ現実空間と混ぜて一体化させたような感じだ。

一枚の絵に、似たような絵を上書きして作り出した虚像というべきか。これは相当注視しないと気づかないだろう。

「し、信じられません……ロイド様の目に集まる凄まじい魔力、あの密度の魔力を以てすればあらゆる隠蔽すら通用しないでしょう。次元の壁すらも見通すとは、流石はロイド様でございます」

「ブツブツ言ってないでさっさと行くぞ」

見つけてしまえば話は早い。『浮遊』で空中に浮かび上がった俺は次元の壁に触れてみる。

しかし触れられない。触ろうとすると遠く離れて行ってしまう。なるほど、水に浮かんだ氷か。言い得て妙だな。

「だったらそれを固定化すればいいわけだ」

というわけで空間系統魔術『空刺針』を発動させる。

これは生み出した魔力針にて次元の壁に穴を穿つ魔術、主な使い道は結界を破壊する楔《くさび》とするものである。

だが今回俺は空刺針を壁に直接叩き込むことで、自由に動かないよう張り付けにしたのだ。

「『空刺針』……確かに空間系統魔術なら次元の壁にも干渉できる。しかし文字通り針の如く威力の低い空刺針で次元の壁を縫い留めるとは……」

「下手に強い魔術を使ってあれを破壊するわけにもいかないからな」

折角こんな珍しいものがあるんだ、色々実験したい。

壁の構造や仕組み、どういう術式で編み込んだのかその他諸々気になることは多い。

……それにまぁ、グリモもだ。

「さて、壁の構造は――っと」

次元の壁に『鑑定』を使ってみる。……が、見えない。

そういえば魔族は術式ではなくイメージにより魔力の性質を変え、様々な効果を付与できるんだっけ。

この壁のイメージ、ジリエルの言う通り空間と溶け合い見えにくくすることに大きく力を使っているようだ。その分構造は脆《もろ》く、強い衝撃を与えるとガラスのように粉々になるようだな。

やはり空刺針で縫い留めて正解だったな。そして侵入するにもこれを使った方がよさそうだ。

「だったら空刺針を大量に出せばいい」

百、千、万、億……無数の空刺針を生み出し、次元の壁へと解き放つ。

威力の低い空刺針といえど、数で攻めれば話は別。次元の壁を文字通り掘り進んでいく。

「次元の壁を威力が低く、且《か》つ魔力消費量の多い空刺針で削って道を作るとは……確かにそれなら中に影響なく裏面に入れるでしょうが、ロイド様の凄まじさにはもはや笑うしかありませんね」

「おっ、中が見えてきたぞ」

しばらくすると次元の壁の向こう、何やら庭園のようなものが見えてきた。

さーて鬼が出るか蛇が出るか。

◇◇◇

「うっ……咽《む》せ返るようなような邪悪の気配……こんな結界を作り出す魔族がいようとは……！」

ジリエルが周囲を見渡しながら呟いている。

周りに広がっているのはだだっ広い庭園、咲いている草花も俺のよく知る普通のものばかりだ。

そしてすぐ側には見上げる程の巨大な塔。

「……というか、ここって学園にそっくりだな」

「この手の結界は現実空間に溶け込んで作り出されたものですから。天界が空と雲で作られていたようなものです」

なるほど、そう言われてみれば納得である。

作り出された空間は現実の風景が参照されるということか。


「でも天界よりはかなり小さいぞ」

以前訪れた天界はかなり歩き回っても果てが見えなかったが、この空間は学園周辺くらいの広さのようだ。

「それはそうですロイド様、如何に強力な魔族の作り上げた結界と言えど、天界の主神たちが作り給《たも》うた天界とは比較になりませんよ」

「そういうもんか」

ともあれこの程度の広さなら、俺の『気配察知』でも全体像を感知出来そうだ。

早速空間内に魔力を薄く広く伸ばしていく。


「……いた」

この気配、間違いなくグリモだ。

どうやらここからはあまり離れてはいないようである。

とにかくまずはグリモと接触して詳しい話を聞かないと――


「っ⁉」


不意に、俺の気配察知に何かが触れた。

異常なまでの魔力、なるほどこれが件の魔族か。

そいつもまた俺の気配察知に気づいたようで、真っ直ぐこちらに突っ込んでくる。


「き、来ます――!」


ジリエルが声を上げるのと同時、凄まじい風圧を叩きつけながら黒い影が庭園に突っ込んできた。

舞い散る花びらの中、影がゆっくりと身体を起こす。

――漆黒の燕尾服《えんびふく》、白い手袋はまるで執事を思わせる。が、その身体の頭は二つ。しかもそれらは両方とも犬であった。

「これは驚きましたなケロ＝ス。ここに無断で侵入してくる者など何百年ぶりでしょうか」

「全くですなベル＝ス。しかも人間。ここ何百年かの間に少しは進歩したのでしょうかな？」

ケロ＝ス、ベル＝ス、互いをそう呼び合いながらのんびりした口調で語り合う双頭の犬人間。

それを見たジリエルはごくりと息を呑む。

「双頭の番犬、ケロベルス……！」

「知っているのか？　ジリエル」

「はい、魔界に古くから存在する大貴族の家に代々仕える執事の名です。私も噂でしか聞いたことはありませんでしたが……」

大層な冠を並べるジリエルだが、俺はそれよりもあの頭が気になっていた。

「頭が二つって、一体どうなっているんだろうな」

見た感じ別人格っぽくあるが、二人同時に魔術を使えたりもするのだろうか。

だとすると二重詠唱がデフォ、とか？

二重詠唱魔術というのは再現が難しく、詠唱失敗による被害も大きい為、実はそこまで研究が進んでいない。

俺が使っていたのも殆ど既存の組み合わせだったし、何百年もずっとそうして生きてきたケロベルスならもっとすごいことが出来るに違いない。……ふむ、面白そうだな。

「……あの少年、一体何がおかしいのでしょう？　ケロ＝ス」

「我々魔族を目にした人間が正気を保てるはずがありますまい。恐怖で気が触れてしまったのでしょうな。ベロ＝ス」

「おお、それは可哀想だ。安心しなさい人間よ、我々は下賤《げせん》の連中のように人間をいたぶって喜ぶ趣味はありませんからな」

「うむうむ、我々は仕事をしに来ただけだ。――すなわち」

そう呟いた瞬間、ケロベルスの姿が消える。そして――

「番犬として侵入者を排除するのみ」

俺のすぐ後ろ、二人の声が同時に聞こえた。

次いで聞こえる衝撃音。振り向くとケロベルスの腕が俺の常時展開している結界を数枚破壊していた。

「……ほう、人間如きの結界が存外硬いですな。ケロ＝ス」

「裏側まで入ってくる程ですからな。これくらいは当然でしょう。ベル＝ス」

おお、結構速いな。消える直前、身体強化っぽい呪文が僅かに聞こえた。

かなりの高速二重詠唱、系統的にはグリモが使っていた古代魔術と同じものだが、それよりはかなり洗練されたもののようだ。魔族は魔界でも上位の存在、それだけに伝わる血統魔術のようなものもあるのかもな。

効果も俺が普段使っているものより遥かに上……いいね。他の魔術も見てみたいところだ。

まずは防御魔術を……と言いたいところだが、魔族相手に魔術は効果が薄い。

最上位魔術くらいは素の状態でも余裕で受けていたからな。……そうだ、アレを試してみるか。

というわけで掌に魔力を練り込んでいく。

それを見た瞬間ケロベルスの顔色が変わる。

「[redacted]」

呪文束による圧縮詠唱、高密度の術式が俺の掌に集めた魔力を糧にして炎を生み出していく。

炎は渦を巻き、あっという間に巨大な炎球となって煌々《こうこう》と辺りを照らす。

それは次第に凝縮、形を変えて、四足獣の姿となる。

「火系統大規模上位魔術『紅虎迫』」

ごおう！　とまるで虎の咆哮の如く唸りを上げ放たれた炎がケロベルスへと迫る。

回避を試みるケロベルスだが無駄だ。『紅虎迫』により放たれた炎は自動で相手を追尾する。

「ぬ――――っ⁉」

縦横無尽に動き回るケロベルスを炎虎はその爪と牙を以て捉え、喰らいついた。

瞬間、大爆発を引き起こす。

「うーん、やっぱり大規模魔術は派手過ぎるな」

俺自身はもちろん結界で守られているが、その高温により周囲の草花は塵《ちり》と化し、空気が乾いて呼吸のたびに喉が熱い。

目立ち過ぎてこんな場所じゃないと碌《ろく》に試せるものじゃないぞ。

「だ、大規模魔術を一人で……あれは儀式や祭壇なくして発動できないはずでは⁉」

「あぁ、ディガーディアなしでは無理だ。本来ならな」

俺の作り上げたゴーレム『ディガーディア』は魔術的祭壇としての機能を備えており、それに乗ることで大規模魔術を一人でも扱えるわけだが、もちろんそれには搭乗し自身の魔力線を接続する必要があった。

しかし現在、軍事魔術による効率化で魔力線を長く伸ばせるようになっており、離れた所にあるディガーディアとも接続出来るようになっている。

故にいつでもどこでも祭壇の使用が可能となり、こうして大規模魔術も扱えるのだ。


「ぐ、ぬぬぬ……」

呻き声と共に晴れた黒煙の中からケロベルスが姿を現す。

苛立ちに目を見開き、歯噛みをしながら、ボロボロになった手袋を脱ぎ捨てた。

「うおおおおっ！　高位の魔力体である上位魔族に魔術でダメージを与えるとは！　流石は、流石はロイド様です！」

「いや、見た目ほどのダメージはなさそうだ」

身体の表面が所々煤《すす》けているが、本体の魔力体はまだピンピンしている。

この空間を破壊しないよう大分威力を抑えて撃ったし、魔力障壁でガードされたからな。

多分威力は一割以下、とはいえ大規模魔術をあそこまで軽減するとは中々いい魔力障壁だ。もっと観察したかったのだが……ま、機会は幾らでもあるか。

改めて戦闘態勢を取ろうとした、その時である。

「んだぁこの妙な空間はよ。どうも結界のようだが……変な感じだぜ」

突如、背後から声が聞こえてきた。

「これは次元の壁です。全く不勉強ですね愚弟は。それにしても一体どうしてこのような場所に……？」

ガゼルとノアだ。そういえば次元の壁に穴を開けたのはいいけど、あのまま放置してたんだっけ。

見つけて入ってきてしまったのか。

「お、そこにいるのはロイドじゃねーか！　しかも戦っているのは魔族か⁉」

「恐らく次元の壁を生成した魔族、何処かの封印から出てきたのか！　我々もロイド君に助太刀しますよ！」

息ぴったりに駆け出してくるガゼルとノア。

「馬鹿な！　人間が魔族相手に何が出来る！　二人ともロイド様に任せて逃げるのだ！」

「いや待てジリエル」

二人を止めようとするジリエルを俺は止める。

「何か考えがあるのだろう。しばらく様子を見よう」

「む、むぅ……ロイド様がそう仰るのであれば……」

不服そうなジリエルだが、二人の魔力には奇妙な、しかしとても力強い感覚を覚える。

あれはもしや、俺が見たい見たいと思っていた始祖の術式ではあるまいか。わくわく。


「行くぞクソ兄貴！」

「合わせろよ愚弟！」

二人は掛け声と共に、ケロベルスに立ち向かう。

「おお、あれが始祖の術式……すごいな。あんなの見たことないぞ」

二人の掌に集めた魔力、それは純白の輝きを放ちながら光の弓へ変容していく。

「おっらぁぁぁぁぁっ！」

指を弾くと同時に巻き起こる大爆発。それを目くらましにしてガゼルが弓を構え、放つ。

ひょう！　と風切り音と共に飛来する光の矢を避《よ》けるケロベルス。

その背後から今度はノアが氷結魔術で視界を塞ぎ、光の矢で狙い撃つ。


「くっ！　こ、こいつら……⁉」


ケロベルスは魔力障壁で弾きながら、二人と距離を取る。

そこから反撃を繰り出すも距離があり、しかも片手間の攻撃だ。そんな気の抜けた攻撃がノアとガゼルに当たるはずもなく、軽々と躱している。

どうやらケロベルスはあの光の矢を随分警戒しているようだな。

「それにしてもあの光の矢、どことなく『光武』に似てるな」

「えぇ、しかし似ているのは見た目のみですね。彼らの術式には天界へのパスが繋がれているようには感じませんし、神聖魔術が持つ退魔効果も薄いように感じられます」

俺もジリエルと同意見だ。

神聖魔術というよりはむしろ、空間系統魔術の方が近い気がする。

「……ところでロイド様、戦うのをやめてしまっていますが、大丈夫なのでしょうか？」

「じゃないと集中して二人の魔術をじっくり見られないじゃないか」

なお俺はノアたちから付かず離れず、戦っているフリをしながら観察している。

いや、もちろん危なそうなら手を出すとも。しかし二人の方が押しているようだし大丈夫だろう。

ケロベルスはあの光の矢を恐れているようで、かなり余裕を持って躱したり魔力障壁で防いでいる。あれでは碌な反撃は出来ないだろう。

「しかしあの魔力障壁、どうやら魔術の効果を減退させているようだな。イメージでそんなことまで出来るとは……ふふふ、魔族ってのはズルいなぁ」

だが俺好みではないかな。イメージで何でもできる方が楽なのだろうが、やはり魔術というのは術式という説得力、理屈の重さ、そこへ魔力を注ぐことによって生まれる反応、等々……それらの美しい工程があるからこそだと思う。

火や水が『なんとなく』で出せるのは手軽だが面白味がないし、魔術師としては二人の使う術式の方が断然そそられる。

「というわけで早速『鑑定』」

光の矢を魔術の目で見てみる――が、何かしらの魔術防壁《プロテクト》が付与されているようで、『鑑定』があっさり弾かれてしまった。

再度、更に魔力を強めてみるもダメだ。何度やっても弾かれてしまう。

うーん、血統魔術である以上ある程度の防壁は覚悟していたが、ここまで硬いのは初めてだな。

流石は始祖の術式、解き甲斐《がい》があるじゃないか。

「だったらこいつを使うとするか」

放たれた光の矢をケロベルスが避けたのを確認した後、空間系統魔術から取り出した剣を瞬間転移させた。

虚空に舞う剣が光の矢に衝突、吸収した後に落ちてくるのをキャッチする。

「それは……吸魔の剣ですか」

「あぁ、魔術を刀身で受けることで吸収する魔剣だよ」

吸魔の剣は以前、俺用に作り出した魔剣だ。

その効果は触れた魔術を吸収、記録するというもの。見知らぬ術式も吸収した後じっくり観察できる優れものである。

こんなこともあろうかとあらかじめ用意しておいたのだ。

さーて、お楽しみの時間だぞ。吸収した光の矢を分解し、術式を解析していく。

「ふむふむ、『鑑定』が弾かれたのは対分析系統魔術特化した術式を組んでいるからか。なんとも周到だ。そこまでして隠したいんだろう。ノアとガゼルもここに来るまで全く使わなかったし、使う際も簡単に『鑑定』できないよう色んな魔術に混ぜて使っている。バレる危険を最大限排除したということか。魔術の祖がそうまでして隠したかった術式——面白い」

やる気にさせてくれるじゃないか。俺はぺろりと上唇を舐めると、戦いそっちのけで術式の解析を進める。

「ほうほう、こんな昔の術式でも組み方次第で強固になるのか。それにしても魔術式の構築、魔力線の配置、どれもこれも無駄がない。流石だなぁすごいなぁ。……へぇ、ふーん、ほぉー」

「ロ、ロイド様……術式に見惚れているのはいいですが、あまり二人から目を離すのは如何なものかと……」

「問題ないよ」

俺の言葉とほぼ同時、光の矢がケロベルスの左肩を掠る。

掠ったその箇所がまるで風景と溶け込むように滲《にじ》んでぼやけた。

「な……あ、あれは一体……？」

「おお、術式を解析してみてどんな効果があるのかと思っていたが、なるほど。あぁなるんだな」

術式を解析していろいろ分かったがあの光の矢に刻まれた名は『封魔弓』。

最初の印象では空間系統に似ていたが、それともまた違う。

その真の力は光の矢で攻撃した際に起こる次元の混濁。

具体的に言うと矢の触れた箇所の空間が歪み、対象と溶け合い再接合させられ、攻撃対象は空間の中に封じ込められるというわけだ。

「封印魔術、か。……そういえばウィリアムのことを書いた本にそんな噂話が記されていたっけな」

あまりにも情報がなさ過ぎたから、ただの作者の妄想だと思い記憶から消去していたぞ。

恐らく空間に溶け込む裏側の概念を参考に作られたものだろう。空間ごと封じれば魔術の効かない魔人魔族と言えど関係ない。

「くっ、これが封印魔術……動けぬ……っ！」

ケロベルスはどうにか身体を動かそうとするが、風景に滲み混じった部分は空間と完全に一体化しているようだ。

「足を止めたぜクソ兄貴、一気に畳みかけるぞ！」

「仕切るな愚弟。お前こそ後れを取るなよ！」

ガゼルとノア、二人が光の弓を構える。

狙う先は心臓、しかし当のケロベルスは取り乱すどころか、逆に落ち着き払ったように息を吐く。

「……ふぅ、なるほど始祖の魔術師の末裔ですか。我が主《あるじ》が警戒するのもわかりますな。ケロ＝ス」

「えぇ、ですがギリギリで間に合ったようですな。ベル＝ス」

ケロベルスがそう言った直後。周囲の空間がぐにゃりと歪んだ。

歪みはどんどん大きくなり、周囲の風景はぐちゃぐちゃのキャンバスのようになっていく。

「な、なんだぁ⁉」

「空間が歪んでいく⁉」

どうやらケロベルスの放つ巨大な魔力の波が、この空間を揺さぶっているようだ。

術式の解析に夢中で気づかなかったが、ケロベルスは戦闘中に空間操作を行っていたようだな。結界の内部が崩壊――いや、作り替えられていく。

「うわぁぁぁぁぁぁっ⁉」

「ノア！　ガゼル！」

見れば二人の足元がずぶずぶと沈んでいる。

まるで沼のようで、助けようとするも地面は二人をあっという間に飲み込んでしまった。

気づけば歪みは収まっており、元の庭園に戻っていた。

「ロ、ロイド様……二人が消えてしまいました！」

「……一応、生きてはいるみたいだ」

近くなような遠くなような、ともあれこの空間内にはまだ二人の魔力反応を感じる。

恐らくこの空間を区切っただけなのだろう。

「しかし何故そんなことを……」

「あの二人を確実に始末する為ですよ。ねぇケロ＝ス」

腕から血を滴らせながらケロベルスが言う。

風景化した箇所を切り落としたのか。掠らせた程度じゃ決め手にはならないらしい。

「えぇ、ベル＝ス。何せあなた方三人の相手は私一人では少々荷が勝ちすぎる」

「故にこうして二手に分けさせて頂きました。特に君」

ケロベルスは指先をゆっくりと持ち上げ、俺を差す。

「見た目こそ普通の少年ですが、その潜在能力はあの二人を遥かに越えている……気付かれぬよう二人の補助をしていましたな？　身体能力を上げたり、私の攻撃を打ち消したり、大した魔術師だ」

「あら、バレてた？」

頷くケロベルス。実は二人の術式をしっかり見れるよう、色々やっていたのである。ちなみに後半は解析に集中していたので、オートでやってた。

術式を張り巡らせることによる、自動制御による魔術の発動。

こういうのはイメージによる魔力操作では難しい。自分の意識を介入させなければならないからな。

自分なりに色々弄れる術式の方に軍配が上がるだろう。

「そんな複雑な術式を、しかも魔族すら手も足も出せないような魔力と共に組み上げるなんて規格外にも程がありますが……」

ジリエルは驚いているが、ケロベルスはそうでもなさそうだ。

「くくっ、指先一つ動かさずに私の行動を封じるとは、全くプライドがズタズタですよ。しかし君には封印魔術を使えないのでしょう。使えるなら解析などする必要はありませんからな。ケロ＝ス」

「ええ、そんなあなたを今、確実に葬り去るにはこうしてあの兄弟と分断するのが最も有効というわけだ。如何に強大な魔力を持とうと封印魔術が使えない君は脅威にはなりませんからな。ベル＝ス」

勝ち誇ったような笑みを浮かべながら語り始めるケロベルス。

「そしてもう一つ、君に絶望的な情報を教えて差し上げよう。あの二人が送られた先は我が主の元。君の助けなしに生き延びるのは不可能です」

「我が主――魔軍四天王、緋のヴィルフレイ様の魔力量は我々の十倍以上！　如何に封印魔術を持とうがあの二人では手も足もでないでしょう！」

「くくっ、ですが安心なさい。君の命もすぐに終わらせてあげますから。ねぇケロ＝ス」

「ええ、封印魔術さえなければ、多少隙を見せても構いませんからな。ベル＝ス」

ぼこん、とケロベルスの全身が大きく膨れ上がった。

めきめきと肉が軋むような音と共に膨れ上がっていくケロベルス。

そのシルエットは人形《ひとがた》から徐々に変貌していく――


「ぐるるる……」

唸り声を上げるその姿は、巨大な双頭の狼だった。

ケロベルスは舌なめずりをしながら深紅の目で俺を見下ろしている。

「この姿になったのは百年ぶりでしょうか」

「無謀にも魔界に突貫してきたどこぞの国の魔術師団を食い散らした時でしたな」

百年前……帝国魔術師団の精鋭が魔界を探索に行ったという記事を古い新聞で見た記憶がある。

結局帰ってこなかったのだが、こいつが原因だったのか。

魔界まで辿り着いた魔術師団だ。きっと素晴らしい魔術師が沢山いたのだろう。

……悲しいものだ。失われた知識は二度と帰ってこない。

「やはりここで二人を失うわけにはいかないな。早く助けに行かないと」

「どうやって⁉　君は私にここで殺されるのですよ！」

咆哮と共に突撃してくるケロベルス。

俺は軽く息を吸って、吐く。そして――紡いだ術式を発動させた。


「ぬっ⁉」

注いだ魔力により光が爆ぜる。

その間も術式は連鎖発動を起こし、新たな光を生み出し続けていた。

光の奔流は徐々にはっきりした形を成していき、俺の右手に収まる。

――それは弓。俺の身の丈よりも大きく、純白に輝きを放ち、そして若干禍々しい形をした弓だった。

◆◆◆

「ってて……一体何が起きたんだぁ……？」

「どうやら先刻とは違う空間に飛ばされたようだな」

辺りを見渡すノアとガゼル。

二人をぐるりと囲むように螺旋階段が伸びており、学園塔の中――のように見える。

「これは結界の裏側というやつか。相当な精度の高さだ。相手はかなり高位の魔族だろう」

「チッ、不気味だぜ」

魔人、魔族を代々封じてきたウィリアム家にはそれらに対する多くの知識が伝えられている。

その中でも空間に溶け込む特異結界を扱える魔族の危険度は最上位で、絶対に戦うなとまで言われていた。

「思わずロイドが入るのが見えたから追っかけちまったが、失敗だったなぁ」

「仕方あるまい。未来ある少年をこんな所で失ってはボルドー家の名折れ。さっさと合流したいところだが……」

「……おう、どうやら見つかっちまったようだな」

二人の視線の先にいるのは何やら黒い物体に腰掛ける赤髪の男――ヴィルフレイだった。

ヴィルフレイは二人を一瞥《いちべつ》した後、つまらなそうに鼻を鳴らす。

「……ふん、犬どもが血相変えて呼び出すから何かと思えば、腐れウィリアムの雑魚子孫どもじゃねぇかよ。あまりにも貧相な魔力なんで虫か何かかと思ったぜ」

そう言って立ち上がるヴィルフレイ。

尊大な物言いをする目の前の魔族を見て二人は思う。人を侮っている者には何かしら隙が生まれるもの。上手く隙を突いて離脱を図れないか、と。

そんな二人の考えを見透かしたようにヴィルフレイは嗤《わら》う。

「ふん、隙でも窺ってるのか？　だがこちとら何百年も前に人間如きと舐めてかかって痛い目を見たからなぁ。悪いが油断はしてやらねぇぜ。クソ子孫ども！」

「くっ……！　見逃してはくれねぇか……！」

「仕方あるまい。やるぞ愚弟！」

掌をかざすノア。氷の魔術を放ちつつ、もう片方の手に光の弓を生成する。

飛来する無数の氷礫《ひょうれき》にもヴィルフレイは身動き一つ取らず、立ち尽くしたままだ。

直撃、大小無数の氷塊が激突するもヴィルフレイは瞬き一つ、僅かに身体を動かすことすらない。

一瞬でも隙を見せれば封魔弓を撃ち込もうとしていたノアだったが、結局指一本動かすことは出来なかった。

「どけ兄貴！」

先刻の間に後方に回り込んでいたガゼルが指先を弾くと、その前方広範囲に爆炎が巻き起こる。

しっかりと魔力を練り上げた火系統最上位魔術『焦熱炎牙』。魔族に魔術が効かないのは百も承知だが、それでも十分威力のある最上位魔術なら目くらましとしての効果は期待できる。

「へっ、これだけ滅茶苦茶に焼けば避けられねぇだろ。最低でもガード、もしくはウザがって逃げたところを――」

「――狙い撃つってかァ？」

封魔弓を構えるガゼルのすぐ横で聞こえる声。

確かに上位の魔族でも目くらましにはなるが、それはまともに喰らえばの話。

炎が当たる直前、ヴィルフレイはそれを躱しガゼルの横へ移動していた。

「くっ！」

即座に反応し矢を向けるガゼルの表情が苦悶《くもん》に歪む。

既に一撃、ヴィルフレイの拳が叩き込まれていた。

「か……は……っ⁉」

「ほう、ギリギリで魔力障壁を発動させたかよ。ま、無駄だがな」

咄嗟に展開した一点集中型の魔力障壁、ヴィルフレイの拳はそれをも易々と打ち破り深いダメージを与えていた。


「ガゼル！」


追撃を繰り出そうとするヴィルフレイへ、ノアが封魔弓を放つ。

ヴィルフレイは飛来する矢を真正面から見据えると、目を僅かに細めて人差し指を前方に突き出した。

ぴん、と指を弾くと光の矢がへし折れた。回転しながら宙を舞う矢はすぐに霧散し、消えていった。


「な……に……？　封魔弓を弾いた、だと……？」

「何驚いてんだ。確かにテメェらの使う封印魔術は厄介だが、魔力を濃縮させれば十分防御は可能。んなことは知ってるはずだろ？」

「くっ、一度で駄目でも……！」

再度、光の矢を番《つが》えて放つノアだが、それもまた指一本で弾かれる。

「だから無駄だっての。俺にダメージを与えてぇならその封魔重弓、いや滅弓くれぇは最低でも必要だろ。侮ってんじゃねぇぞカスがよ」

「なんだ、それは……？」

そんな知識は伝わってはいなかった。

ウィリアムの開発した封印魔術は数多くあるが、現在まで伝わっているのは比較的難易度の低い封魔弓のみ。

それ以外の他の封印魔術は習得難易度の割にそれを使う必要がある敵がいなかった為、長い年月の間に失われてしまったのである。

「ぐぞ……ったれぇがぁぁぁ！」

ガゼルがよろめきながらも光の矢を放つが、ヴィルフレイがフッと息を吹きかけるだけであっさり消えてしまった。

二人の扱う封魔弓は通常の魔族を相手にするなら十分。しかし最上位級の魔族となれば話は別だ。

強い魔族は何気ない動作ですら魔力を帯びており、防御姿勢を取るだけで高密度の魔力壁が生まれる。

防御する、そのイメージ力のみで術式を起動させている魔力が霧散、効果を失い霧散するのだ。

これを防ぐにはより相手の魔力を削る上位魔術で攻撃するしかないのだが――


「……もしかしてお前ら、マジにそれしか使えねぇのか？」

息を切らせる二人を見下ろしながら、ヴィルフレイは呟いた。

「はぁ、はぁ……あ、あり得ない……！」

「チッ……くそったれが……！」

息を荒らげながらも絶望に染まる二人。

その表情を見ながらヴィルフレイの口元は徐々に歪んでいく。

「ひゃはっ！　マジかよ。ありえねぇだろ！　あの腐れウィリアムの子孫がこんな雑魚っちくなってるとはなぁ！　かつて俺たちを封印したウィリアムの封印魔術は、掠っただけでも俺らをも封じる凄まじいものだった。子孫とはいえ侮れねぇから準備が整うまでは警戒して闇に潜んでいたんだが……くくっ、この程度とはガッカリだぜ」

歪んだ笑みは次第にゲラゲラと大笑いに変わっていた。

「ひゃっひゃっひゃっ！　いやぁ傑作だ！　かつての天才も子孫は凡人ってか。時代の流れってのは怖いねぇ。――さて今からお前らは死ぬわけだが、死体の焼き加減くらいは選ばせてやるぜ？　焼死体《ミディアム》？　踊り焼き《レア》？　それとも黒焦げ《ウェルダン》かぁ？」

ヴィルフレイの指先から生まれた炎、ほんの小さな炎に込められた魔力の凄まじさは二人を絶望に突き落とすには充分過ぎるものだった。

ノアは覚悟を決めたように、隣のガゼルに言う。

「……私がどうにかして時間を稼ぐ。隙を見て逃げろ」

「ば……何言ってんだクソ兄貴！　あんな化け物を一人で相手出来るわけねーだろが！」

「だとしてもだ。兄である私にはお前を守る義務がある」

「馬鹿言いやがれ！　それより当主候補である兄貴を生かす方が大事だろ！　やるなら俺だ！」

言い争う二人を見て、ヴィルフレイはニヤリと笑う。

「くくっ、寒気がするような兄弟愛だねぇ。面白ぇもんを見せてくれたお前らに、一つ嬉しい選択肢を与えてやるぜ」

ヴィルフレイは人差し指を立てながら言葉を続ける。

「――お前らのうち、どちらか一人だけを生かしてやろう。選ばれた方はほれ、結界に穴を開けてやったからそこから出ればいい」

見ればヴィルフレイの隣に、人一人が通れそうな穴が空間に開いた。

どうやら本当に外に繋がっているようで、二人の視線はそこに釘付けだ。

「もちろん逃げた後でも手出しは一切しねぇ。その代わり、残った方はそりゃもう惨《むご》たらしく殺すぜぇ？　少ぉしずつ炙《あぶ》って、いびって、削ってよぉ……ひひっ、前にそうして殺した奴は何度も一思いに殺してくれって頼んでたなぁ。もちろん殺してやるわけないんだがよ」

心底楽しそうな笑みを浮かべるヴィルフレイを見て、脂汗を垂らすノアとガゼル。

二人の視線はゆっくりとお互いへ向けられる。そうしてしばらく見つめ合った後、ごくりと息を呑んだ。

「……本当に、どちらかは助かるのですね？」

「おうとも、約束は守るさ。だから安心して言っちまえよ。その出来損ないよりも自分を生かしてくれ、ってな」

ヴィルフレイはニィッと邪悪な笑みを浮かべる。

「ちょっと待ってくれ！　クソ兄貴ばかりじゃなくて、こっちの話も聞いてくれよ！」

それを見て今度はガゼルが割って入ってくる。

「愚弟は黙っていろ！　私が話しているのだぞ！」

「なんだとぉ！」

言い争う二人を見て、ヴィルフレイは口元を更に歪めた。

「いいねいいね、どんどんやってくれよ。くはははっ！」

大笑いするヴィルフレイ。争うように取っ組み合う二人の足元がふらつき、バランスを崩した。

それに気を取られた瞬間、二人は死角に隠していた封魔弓を放つ。


「うおおっ⁉」


まさかの反撃にヴィルフレイは飛び退《の》き、その拍子に転んでしまう。

その隙に開いた空間へと駆け出す二人。


「へっ、よく俺の考えが分かったな。クソ兄貴」

「ふっ、私を侮るなよ。お前の考えくらいすぐわかるさ」

すなわち、喧嘩しているフリをしつつの騙し討ちである。

二人は拳をぶつけて笑った。

「うおおおおおっ！　憶えてろよ魔族、後でぶっ殺してやるからな！」

「捨て台詞にも優雅さを持つのだ愚弟。例えばそう――戦略的撤退とかね」

どこか楽しげな二人、外へ繋がる空間はもう目前だ。

あと一歩、足を踏み出せば、そこまで近づいた時である。

――どおん！　と爆音が響き二人の眼前に炎が立ち昇る。

炎に弾かれて倒れる二人が展開していた魔力障壁は、その余波だけで消滅させられていた。

「……小癪《こしゃく》な真似をしてくれるじゃねぇか。ええオイ」

背後から聞こえる静かな、落ち着いた声。

振り向いた二人の目に映るのはそれとは真逆の殺意に満ちた目。

ヴィルフレイの身に纏う魔力は先刻よりも更に大きく膨れ上がっていた。

「危ねぇ危ねぇ。正直侮ってたぜ。雑魚っちくてもあの腐れウィリアムの子孫だけはあるってことかい。悪かったよ。侮り過ぎた」

今までのように相手を見下し切った態度ではなく、重苦しい雰囲気を纏った真摯な『殺意』。

二人は今ようやくヴィルフレイが本気を出したのだと気づいた。そして自分たちが確実に助からないことも。

「……全く、こんな化け物を封じていたとは我らの始祖は凄かったのだな。光栄に思うよ」

「へっ、俺みてぇな出来損ないからすると気後れするけどな」

「私はそうは思わないいな」

呟くノア。その間にもヴィルフレイの指先に炎が集まっている。

魔力障壁すら意味を持たない程の炎であった。それが放たれる。

「お前の魔力量、そして魔術を扱うセンスは私を超えている。それに愚連隊を名乗って悪童を集めていたのも、生徒会の手の届かぬ悪を自分たちで管理する為だったのだろう？そんな弟を持てて私は誇らしく思っているよ――ガゼル」

「ば……それは俺の方だ！　兄貴があらゆる術式を学び、誰からも尊敬されるようなスゲェ人だから俺はせめて舐められねぇようにして……」

「ふっ、互いにこうして追い詰められなければ本音の一つも言えないとはな」

二人を焼き尽くさんと炎が迫る。

煌々と照らされる横顔はどこか晴れ晴れとして見えた。

そして――

「……？」

炎が消えるその様を見て、ノアとガゼルは目を丸くする。

直撃の瞬間、炎は強力な魔力を持った『何か』に消し飛ばされたのだ。

驚いているのはヴィルフレイも同じである。

「封魔重弓……いや、滅弓……？」

かつて自分を苦しめた上位の封印魔術、先刻の魔力光にはそれに似た雰囲気が感じられた。

全員の視線は自然とその出所へと注がれる。

上空に空いた巨大な穴、そこには光の弓を携えた人影が見えた。

「あれはまさか……」

「ロイド、なのか……？」

二人の言葉の通り、そこにいたのは黒髪の少年、ロイドであった。

◆◆◆

「やれやれ、何とか間に合ったようだな」

見様見真似で組み上げた封印魔術を使い、ケロベルスを倒すついでに空間に大穴を開けたのだ。

ひょいっと顔を出すと、穴の向こうでは赤髪の男が俺を見上げている。

「あ、あの男です！　グリモと話をしていたのは……！　凄まじいまでの魔力の奔流、間違いありません！」

「グリモに毒を盛らせた張本人か」

ジリエルが大仰に言うだけあって、なるほど大した魔力量だ。

「ロイド君！　どうやってここに⁉」

「つーか何で封印魔術を使えてるんだよ！　あれは俺らにしか使えねぇはずだろが！」

男と対峙していたのか、ボロボロのノアとガゼルも俺を見て声を上げる。

うっ、そういえば封印魔術はかなり堅固な防壁で守られてたっけ。使うのを見せたらマズかったか。とはいえ今更取り繕うのも面倒だな。

「静まるがよい！　そこの人間たち！」

どうしたものかと考えていると、ジリエルが後光を背負いつつ俺の手から出てくる。

「私は天の御使い。我が主たるこの御方ロイド様と共に魔族と戦いに来た。封印魔術を使えるのはその為だ！」

ジリエルの言葉に二人は顔を見合わせる。

「そういや伝承で聞いたことがあるぜ。魔族が力を振るう時、天の御使いが降りてくるとか……」

「うむ、そういうことなら封印魔術を使えても納得か」

納得している二人にジリエルは続ける。

「お前らがここにいては主の邪魔だ。ここから出ていって貰うぞ」

言葉と同時に二人の足元に穴が開く。

「うわぁあっ！　ほ、放り出されるっ⁉」

「ぐおおおっ！　よくわからんが頑張れよロイドぉおおおっ！」

二人を吸い込んだ後、空間の穴は消えてしまった。

「……ふぅ、これで戦いやすくなったでしょうか」

「気が利くな。助かったぞジリエル」

おかげで言い訳をする手間が省けた。

こういう時に天使という肩書は便利である。

「それより如何ですかロイド様、実際に奴を見ての感想は？」

「うん、すごい魔力量だ。ジリエルの言う通り、俺の総魔力量よりずっと多いな」

魔力量は本人のコンディションでかなり増減するし、放出量を抑えたり、圧縮したり、偽装するなりと少なく見せる手段はある。

とはいえ奴の溢れんばかりの魔力の奔流、少なくとも俺の倍以上はありそうだ。

「やはり……しかしだとするとマズいですよ。魔術師にとって魔力量の差は純粋な戦力差となる。しかも相手は魔族！　……逃げた方がいいのでは？」

「誰が逃がすかよ。バァカ」

コソコソ話を遮る男の言葉、それが背後で聞こえた。

振りかぶった拳が迫る。――む、かなり強いな。俺の常時展開している魔力障壁では防ぎ切れないか。

即座の判断で魔力障壁を圧縮、集中して一点で受ける。

魔力障壁・強。

ぎし！　と軋む音が鳴り響く中、俺の眼前数ミリの所でどうにか止めることが出来た。

「……へぇ、俺の打撃を止めるとは驚いた。グリモワールを使役するだけはあるじゃねぇかよ」

「お前がグリモを唆《そそのか》したのか？」

「ぶはっ！」

男は思い切り噴き出すと、口元を歪めた。

「唆すも何も俺はあのクソグリの本来の主人だよ。奴は元々こっち側なのさ。……それと、お前ってのはねぇだろ？」

「名前を知らないからな」

「……くくっ、どこまでも面白いガキだ。ならば冥土の土産に教えてやる。俺は魔軍四天王が一人、緋のヴィルフレイ様だ。死ぬ前に覚えとけや！」

言葉と共に蹴りを繰り出すヴィルフレイ。

めきめきめきめき、と音を立てながら魔力障壁が割れていき、蹴り抜く勢いのまま吹き飛ばされた。

地面に叩きつけられ、どおん！　と土煙が立ち昇る。

「ロイド様ぁぁあっ！」

悲痛な声を上げるジリエルだが、ギリギリで魔力障壁を張り直したので問題はない。

それでもガードした腕がじんじんするな。魔力障壁の上からでもここまで響くとは。

「ただの蹴りでこの威力……これが魔軍四天王の力ですか……！」

「知っているのかジリエル？」

「ええ、数百年前の魔軍進撃をご存知ですか？」

「もちろんだ」

——魔軍進撃、かつて魔界の軍勢が大陸を襲ったという大事件だ。

人は恐るべき戦闘力を誇る魔人、魔族相手になすすべなく、一方的に蹂躙《じゅうりん》されるのみだった。

そこで立ち上がったのが魔術の始祖ウィリアム＝ボルドー。

彼は以前より研究していた魔術を以て魔人、魔族を倒し続け、更に彼は他の才ある者たちにも魔術を授けたのである。

これがウィリアム学園の前身だ。

人と魔、更には天界をも巻き込んでの戦いは十五年続き、多数の魔族が封印されたところでようやく魔軍の進撃は止まったと言われている。

「魔軍四天王とは魔軍でも最強の戦力、ウィリアムすらも苦戦させたその力は一騎当千、奴らを倒す為に多くの犠牲が出たと言われております……！」

「天使だけあって随分詳しいじゃねぇか。もしかしてその場にでもいたのかぁ？」

晴れた土煙の向こう、ヴィルフレイが俺たちを見下ろしている。

「いやーしかし驚いたぜ。今ので傷一つないとはな。その上俺との戦闘中に雑談する余裕まであるとは大したガキだ。クソグリがヘコヘコするのも無理はねぇ」

「……さっきからグリモに対して酷い言いようだな。お前それでも主人なのか？」

楽しげにグリモを揶揄するヴィルフレイに、俺は思わず語気を強める。

「何だお前、ムッとした顔をしやがるじゃねぇかよ。……もしかしてあいつが心配なのか？」

「だとしたら？」

「いやぁ……その割にはあまり周りが見えてねぇと思ってな。くくっ」

ヴィルフレイは笑いながら視線を横に滑らせる。

釣られるように向けた場所には、黒い何かが転がっていた。

大きな黒山羊――グリモがボロボロで倒れていた。

「グリモ！」

駆け寄り抱き起こす。余程痛めつけられているのか、至る所に酷い傷を負っていた。

「う……」

「おい、しっかりしろグリモ！」

息はある。どうやら死んでいるわけではなさそうだが、意識は混濁しているようだ。

「何というむごいことを……幾ら裏切ったとはいえここまでの仕打ちをするとは……！」

「くははっ！　そりゃあ正確じゃねーな天使よ。罰は当然既に与えているさ。何度も細切れにして、復活させて、また細切れにして……何度も何度も、心の底から反省するまでなぁ」

「ならば何故こんなことになっている⁉」

「ただの暇潰しだよ。俺の攻撃をどれだけ躱せるかゲェーム！　ってやつだな。にしても一発目、しかもちょっと掠っただけでこの有り様とはな。あまりに雑魚過ぎてゲームにもなりゃしねぇってんだ」

グリモの身体は刻まれ、焼かれ、裂かれ、焦げ、酷い有り様だった。

一度掠っただけでこうなるはずがない。つまり倒れたグリモを何度も攻撃したのだ。

「何ならお前にも遊ばせてやろうかぁ？　同じ使い魔を持ったよしみだ。少しくらいなら貸してやっても……」

言葉を遮るように、俺は光の矢を放つ。

飛んでいく光の矢はしかし、ヴィルフレイに片手で受け止められてしまう。

「くくっ、怒り心頭ってか？　そんなにクソグリが大事だってんなら一つ、選ばせてやる。お前かそこの天使、どちらかが俺の使い魔になりやがれ。そうすりゃそいつは解放してやってもいいぜ？」

「ロ、ロイド様……？」

不安そうに俺を見るジリエル。

それを見て下卑た笑みを浮かべていたヴィルフレイだったが、すぐに顔色が変わった。

「ぬ……？」

受け止めていた光の矢は大きく、強くなっている。俺が魔力を注ぎ続けているからだ。

その威力にヴィルフレイは腕を折り畳み、上半身を退け反らせている。

「う……ぐおお……っ⁉」

両手で防ごうとするも時既に遅し、限界まで魔力を注いだ矢は膨張限界を迎え、そして破裂する。

どぉぉぉぉぉん！　と大爆発が巻き起こり、光の渦がヴィルフレイを飲み込んだ。

「おおおっ！　巨大な光の矢が爆発して無数の矢に……！　あれなら奴も避けられません！」

封印魔術の欠点、攻撃範囲の狭さをカバーすべく術式を弄り広範囲の攻撃を可能としたのだ。

空間を融解させる先端部分を爆破することで矢が周囲に飛散、周囲の空間を溶かすことで対象の動きを封じる不可避の一撃。

破裂した周囲の空間はヴィルフレイを巻き込んでぐちゃぐちゃに歪み、溶けた絵の具のようになっている。

「もう一つ、選択肢があるだろ。——お前を倒し、グリモを連れ戻すという選択肢がな」

俺はそう呟いて、グリモへと魔力を注ぐ。

淡い光が傷ついた身体を癒やし、苦しそうにしていたグリモの呼吸が静かになった。

これでよし。あとは少し休めば気が付くだろう。

「おおっ！　見事な封印ですロイド様！　あれなら奴も動けますまい！」

歓喜の声を上げるジリエル。

グリモを回収しようとしたところで、はたと動きを止める。

「……くくっ、面白れぇ使い方を見せてくれるじゃねぇか。あの兄弟より余程使えそうだな?」

溶けた空間から聞こえる声。

ピシピシと乾いた音と共に絵の具のように混じった空間が割れていく。

そこから出てきたのは封じたはずのヴィルフレイ。

首をゴキゴキと鳴らしながら、余裕の笑みを浮かべていた。

「決めたぜクソガキ、グリカスも天使もいらねぇ。お前が俺の次のペットだ」

そう言ってヴィルフレイは口角を歪める。

「ば、馬鹿な……封印魔術が完全に入ったのに……⁉」

「馬鹿はテメェだよ。こちとら数百年も封印されてたんだ。対抗手段の一つや二つ、用意してないはずがないだろ?」

驚愕するジリエルをヴィルフレイは嘲笑う。

ま、そりゃそうだな。仮に俺が何百年も封印されていたとしたら、その間に対抗する術式の百や二百は考えるだろう。暇だったろうしね。

付け焼き刃の封印魔術がそのまま通じるはずがないのは道理である。

「いや、百も二百も対抗手段を考えるのはロイド様くらいだと思いますが……」

「ともあれ、それを超えるアプローチが必要か」

今のは恐らく、全身に魔力の膜を展開し光の矢を防いだのだろう。

高濃度の魔力は術式そのものを破壊してしまう、単純にして強力な防御手段だ。

パッと思いつく対処法は別の手段で相手の防御を解除するのが手っ取り早いが……いや、魔術自体に壊れにくい術式を付与するとかも良さそうだ。あるいは……

「いかんな、こんな時だというのに楽しくなってきたじゃないか」

俺の悪い癖だ。口元を押さえて笑みを堪《こら》える。

ここまでの魔力密度、中々お目にかかれないからな。つい色々考えてしまう。

「何ブツブツ言ってんだオラァ！」

咆哮と共にヴィルフレイが駆ける。

疾《はや》い、なんてもんじゃない。

飛ぶのではなく空中を駆けるような移動方法、高密度の魔力体である魔族ならではか。

ががん！　と思考の瞬間、脳天に響くような衝撃が全身を貫く。

魔力障壁を砕き、その勢いのまま殴りつけられたようだ。

辛うじて目で追えたが、防御が間に合わずモロに喰らってしまった。

吹き飛ばされながらもどうにか体勢を立て直す。

「いてて、鼻血が出ちゃったぞ」

「……信じられねぇな。硬過ぎだろお前」

呆れ顔のヴィルフレイ。ジリエルもまた驚愕している。

「ロイド様が血を……は、初めて見ました！」

「いや、さっきコケた時に魔力障壁で顔を打った」

とはいえダメージを受けたのには変わりない。

ヴィルフレイの動きはあまりに速過ぎる。辛うじて見えはするものの身体がついていかない。

「高濃度の魔力を束ねて全身を構築、身体能力を強化しているのか」

グリモに聞いたが魔力体である魔人、魔族はその姿形も魔力で構築しているらしい。

そしてより上位になると骨や筋肉、血管の一本一本までを強くイメージすることで、まさに桁違いの力を生み出せるとか。

ヴィルフレイのやっているのはまさにそれだろう。

「ま、マズいのではありませんか⁉　あの速度で攻め続けられると魔術を展開する暇もありませんよ！　如何にロイド様といえどこのままでは……」

「このままなら、な」

俺の言葉を聞いたヴィルフレイは、こめかみに血管を浮き出させる。


「ハァ⁉　減らず口を叩くじゃねぇかよ！」

咆哮と共に繰り出される高速の突進に対し、俺は魔力障壁を解除、更に目を閉じた。

「ロロロ、ロイド様！　目を開けて下さい！　来ますよっ⁉」

「諦めたってかぁ⁉　だが殺す！」

振りかぶった拳が俺目掛け、迫る気配。

俺はその勢いに逆らわぬよう身体を傾けた。

ヴィルフレイの拳は俺の髪をわずかに掠め、空を切る。

「何ィ⁉」

驚愕の表情を浮かべながらもヴィルフレイは更に連打を繰り出す。

しかしその悉くを俺は目を閉じたまま躱し続ける。

「な、何故当たらねぇ⁉」

――心眼、これは以前異国の冒険者タオが使っていた技だ。

タオ曰く、心眼というのは視覚に頼らず空気の動き、匂いや音、……その他諸々の感覚を用いて想像力を働かせ、俯瞰《ふかん》するようにして相手の動きを予測するという技術。

それを聞いた俺は離れた場所を見ることが出来る『検眼』の術式を弄り、あらゆる感覚を感知できるよう改造した。

これを周囲に浮かべ、更に俺の動きとリンクさせることでヴィルフレイの動きを感知、自動で俺の身体を制御し回避行動を取らせているのだ。

うん、あれだけの動きにもついていけるか。かなり使えるな。

「今度は攻撃の実験だ」

攻撃を避けながら、俺はヴィルフレイの無防備な横腹に手を添える。

力を込めると同時に、ずん！　と重々しい衝撃音が響きヴィルフレイが吹き飛んだ。

「ぐおおっ⁉」

倒れそうになるのを何とか堪えるヴィルフレイだが、俺の攻撃が当たった箇所には無数のヒビが生まれていた。

黒く濁った魔力が霧散しているのを手で押さえている。

「おおおっ！　今のは魔族に効果が高い浄化系統神聖魔術『極光』、それに気を練り込んだ一撃！　見事でございますロイド様！」

神聖魔術は魔人、魔族に対し効果が高い。そういえば実際に試すのは初めてだったかもしれないな。

接触した時、ヴィルフレイの魔力体と反発するような何かを感じた。

「そういえばなんで魔族に神聖魔術は良く効くんだっけ？」

神聖魔術を得たのはいいが、そのあと試せる魔人、魔族と会う機会がなかったのだ。

「聖なる光が邪なる闇を払う、それこそが神聖魔術です！」

「それはあくまで謳《うた》い文句ってやつだろう？　どういう理屈、原理で効くのかってことだよ」

「そ、それは……実は私もよくは……」

「ふむ、そうなのか」

ジリエルがわからないと言うなら仕方ない。

詳細に効果を伝えている魔術の方が少ないからな。秘匿性の高い神聖魔術はなおさらだろう。

自分で試すしかないか。それはそれで楽しいから別に構わないがな。

「というワケだ。色々角度を変えて試し打ちさせてもらうぞ」

「……くはっ！　やれるもんならやってみやがれよ！」

更なる加速、しかし心眼で捉えられない程ではない。

回避のたびに叩き込む神聖魔術『極光』、『微光』、『極聖光』、攻撃を加えるたびにヴィルフレイは吹き飛び、のけぞり、しかし向かってくる。

「何というタフさ。これが魔軍四天王……！」

「なるほど、神聖魔術は汚れ、穢《けが》れなど人の忌避する存在を消滅させる魔術。存在自体が忌避の対象である魔族だからこそ、神聖魔術がよく効くのだな」

神聖魔術は人が神に祈ることで授けられる力、人の忌避する存在を祓《はら》う魔術故にこういう構造になっているのか。

成り立ちからしてそうなのだろう。魔術に歴史ありって感じだな。

「ならば相手をより忌避すれば、その効力は上がるってわけか」

よーし、俺はあいつが嫌い。憎い。許せない。

そう念じながら『極聖光』を叩き込む。


「ぐあああああっ！　何度も何度もふざけやがって！」

「おっとと」

やけくそ気味に振り回した拳が空を切る。

あれ、あまり効いている様子がないな。

「あの、確かに神聖魔術は気持ちを乗せることで効果が上がりますが、今のはあまり気持ちが乗っているとは……あとちょっと邪《よこしま》な気持ち入っていませんでした？　神聖魔術はあくまで正の気持ちでないと……」

「ええ、そうだったかなぁ」

よく考えたら俺の行動原理はあくまでも好奇心によるもの。

個人に対する好意や敵意で動いたことはあまりないから、感情を乗せるという行為がいまいち難しいのかもしれない。

「ならばもっと、俺向きのやり方で……！」

戦闘を『検眼』とトレースによる自動制御に任せ、俺は術式を構築していく。

神聖魔術は通常の魔術言語で書かれてないから弄り難かったのだが、触れ続けるうちに慣れてきた今なら多少は改造も可能となった。あれをこうしてそうして……っと、よしできた。

改めて俺はヴィルフレイに『極聖光』を放った。

「ぬ――⁉」

――閃光が、爆ぜる。

目を閉じていても眩《まばゆ》い程の光が辺りを、空間ごと巻き込み視界が白く染まる。

「ぐああああああああああああっ⁉」

光の中でヴィルフレイの絶叫が響く。

その身体を構成する魔力体が大きく揺らぐのが気配でわかる。

先刻よりも遥かに大きな手ごたえ。今のは上手くいったようだな。

「何をなさったのですかロイド様」

「術式を少し弄っただけさ」

実際、ほんの少しだけだ。

強い感情により威力が引き上げられる、その感情を『忌避』から『好奇心』へと変更した。

　すなわち俺がヴィルフレイに向ける好奇心が神聖魔術の威力を向上させた、というわけである。

「な、何という凄まじい威力……先刻とはまるで違う！　いや、よく考えてみれば希薄な感情で放ってあの威力なのだ。ロイド様が有り余る好奇心を込めて放てばこれくらいの威力になってもおかしくはない、というわけですか……しかもよく見ればグリモには当てないよう、角度をつけて撃っている。流石はロイド様、天の御使いとして見事な戦いぶりと言えるでしょう」

　ジリエルがブツブツ言いながら真っ白に染まった空間を眺めている。

　ともあれ感情で威力が上がるのは間違いないようだ。

　上手く検証できてよかったな。うんうん。

「しかし……ちょっとやり過ぎただろうか」

辺りを見るとかなり広範囲が白く染まっている。

グリモには当たってなくてよかったが、予想以上に威力が出過ぎたぞ。

「いいえロイド様、相手は魔軍四天王です。このくらいはしなければ滅することは出来ません」

「こいつも真っ白になっちゃったな」

目の前には真っ白い塊——それまでヴィルフレイだったものが転がっている。

しかし、こんな風になるんだな。

神聖魔術は人にとって忌避すべき部分を浄化する効果を持つ。魔族とは全身がそういう物質なのだろうか。

「しかし魔軍四天王もこうなれば形無しですな。ふはは！　手も足も出まい！　ばーかばーか！」

俺の手から飛び出したジリエルがヴィルフレイだった白い塊をげしげしと蹴りつけている。

「さーてロイド様、凱旋《がいせん》といきましょ——」

ぴし、と塊に亀裂が走る。

そこから手が伸び、ジリエルに指先が触れた。

「のわ――っ⁉」

慌てて飛び退き、俺の背中に隠れるジリエル。
無数にヒビ割れた塊を崩し、中から出てきたのはヴィルフレイだ。

「くく……ふははは！　やるじゃあねーかクソガキ！」

凄まじい怒気、それに僅かな歓喜を孕《はら》んだ歪《いび》つな笑顔。
その姿はどこか先刻までと違って見える。なんとなく身体の輪郭が揺らいでいるような感じだ。

「正直言って驚いたぜ。俺とお前の魔力量の差は倍以上！　にもかかわらず俺と互角……いや、それ以上に戦えていると言っていい。一体どんな手品を使ったんだ？」

「敢えて言うなら知恵、ってやつかな」

魔術師にとって魔力量の差は絶対ではない。
その差は知識、そして技術、あるいは経験――すなわち人の集積した知恵によって十分に覆せるのだ。

「いやいや普通は無理ですから。ロイド様のように多数かつ、別系統技術を組み合わせるなんて芸当が出来るからこそですよ。あり得ぬ知恵の結晶です」

ジリエルがツッコんでくるが俺はまだまだ全然満足していないんだけどな。

もっとたくさんの知恵を得て、魔術を極めたいものである。

「ふはっ、なるほど知恵か。確かに人間て奴ぁ魔力をただ使わず、術式やら何やらと組み合わせて独自に利用してたっけ。人間どもの歴史、その積み重ねの中には俺ら魔族にとって脅威になるものが多少あるのは認めよう。……だがな」

ヴィルフレイの輪郭が、更にぼやける。

「積み重ねたモンなら俺たち魔族の方が圧倒的に上なんだよ！」

そしてグニャリと、上半身が溶けるように曲がった。

あり得ぬ動きに俺が疑問に駆られた瞬間、頬を横切る熱波。

自動戦闘で何とか躱せたが、俺の死角からヴィルフレイが攻撃を仕掛けていたのだ。

「チッ、掠めただけかよ。すばしっこい奴だぜ」

そう呟いてヴィルフレイはその身体を更に伸ばす。

伸ばすというか、燃え盛る炎のように形を変えながら俺を包み込むように攻撃してくる。

「あちっ！　あちちちっ！　ま、魔力障壁を通り抜けて熱気が伝わってきますよ⁉」

「へぇ、性質変化させた魔力で熱しているのか」

魔力障壁で防げるのは物理的な現象を伴うもののみ、魔力そのものは防御出来ない。

それにしてもこいつ、自分の身体を炎にしたのか。

「その通り、魔力の性質変化ってやつさ。俺は下級魔族の生まれでね。成り上がる為に自分の魔力体を極限まで鍛え上げた。おかげでこうして魔力体を炎に変えることも出来るようになったんだよ」

魔力の性質変化、イメージにより魔力に様々な属性を付与することは可能だが、魔力体とはいえ自身の身体を炎にするなんて、とんでもないな。

どんなやり方なんだろう。気になるなぁ。

「神聖魔術は純粋な悪意には有効ですが、魔物など獣と混ざった存在にはそこまで効果はありません。特に炎のような意思なき自然現象との相性は最悪！　今の極聖光も一割以下しか通らなかったかと……！」

なるほど、かつてウィリアム＝ボルドーが神聖魔術ではなく封印魔術を作り出した理由はそれか。

魔力体の性質まで変えるような相手に、融通の利かない神聖魔術は分が悪い。

「そうですロイド様、『虚空』で炎ごと消し飛ばしてしまわれては⁉」

「無理だな。あまりに相手が速すぎる」

空間系統魔術『虚空』。空間に穴を開け、そこに触れたあらゆるモノを消滅させるこの魔術なら炎だろうが魔族だろうが、その両方だろうが構わず消し飛ばすことが可能だ。

しかし空間を歪めるという強力な効果を持つ『虚空』はその発動にかなり時間がかかる。

この速さの敵にはとても当てることは出来ないだろう。

とはいえ手がないわけではない。

炎と魔、二つの特性を持つのならその両方を同時に攻撃すればいい話だ。

「しかし、手が足りないなぁ……」

上位魔族のヴィルフレイに致命的なダメージを負わせるとなるとそれなりの魔術を繰り出す必要があるが、それには準備が必要だ。

ヴィルフレイの高速、かつ変幻自在の攻撃を凌《しの》ぎながらそれをこなすのは難しいと言わざるを得ないな。

「オラオラオラオラァ！　どうした？　逃げ回ってばかりかよ⁉」

咆哮と共に全方位から叩き込まれる炎化した拳、蹴りの複合連打。その全てが当然の如く高熱であり、掠っただけでも相当熱い。

水系統魔術『滝天蓋』による水の結界で強引に温度を下げているが、それでも向こうの方が大分強い。まともに喰らったら黒焦げだな。

うーむ、炎の魔力体か。こいつは相当厄介だぞ。

「ふん、面白ぇくらいに避けまくってくれるじゃねぇか。ならこいつはどうだよッ！」

大きく息を吸うヴィルフレイ、その身体が大きく膨れ上がる。

全身が燃え盛り、まるでマグマのように真っ赤に染まる炎を吹き出している。

ぶわっ、と汗が吹き出してきた。すごい熱気だ。

「うう……あ、熱すぎて眩暈《めまい》がしてきました……」

「喉が渇いたな」

ジリエルが目を回している。浮かべていた『水球』からストローで水分補給していたが、一瞬で温《ぬる》くなってしまったぞ。

「これぞ俺の最終形態、その名も爆炎体！　燃え盛る大炎となったこの身体の熱さは先刻の比じゃねぇ！　さぁ避けてみやがれよ。どこへなりともなぁ！」

炎を纏ったヴィルフレイの突進は、避けるスペースのない、まさに超広範囲攻撃だ。

「ふむ、こいつは躱せないな」

「もはやこれまでなのですかロイド様ぁぁぁぁ!?」

ジリエルの絶叫が響く中、熱波が迫り来る。

熱が俺の髪先を焼いた、その瞬間。

「ンなわけねぇですよね。ロイド様よぉ」

声が聞こえた。その主は巨大化したグリモであった。

グリモは俺の前に立ちはだかり、熱波を食い止めていた。

「グリモ……お前、気がついてたのか」

「あんだけドンパチしてたらイヤでも起きちまいやすぜ」

炎に立ちはだかりながらグリモは言う。

巨大化し、魔力の性質変化により耐熱能力を上げているのか。

それによる防御効果は結界よりも遥かに大きく、俺には熱気は届いていない。

「お、おい魔人！　何故お前がそんなとてつもない熱波に耐えられているのだ⁉」

「ロイド様が魔力を注いでくれたからだよ。じゃなきゃ一瞬で消し炭だ。……にしても異常過ぎる魔力量を注がれた時は破裂するかと思ったぜ」

何やらブツブツ言い始めるグリモ。

そういえばグリモを復活させる際、一気に魔力を注いでしまったような気がしないでもない。

慌ててたとはいえ、あれで魔力をだいぶ持っていかれてたからな。実は今、ヴィルフレイに苦戦している理由の一つはそれだ。

「おう、起きていたかよクソグリ。どうでもいいが……なんでンなとこ突っ立ってんだぁ？」

威圧感たっぷりに睨みつけるヴィルフレイ。

後ろから見えるグリモの尻尾がぶるると震えた。

「まさかとは思うが、俺様の攻撃からそいつを庇《かば》ってるんじゃねぇよなオイ」

「……っ！　い、いやその……」

グリモの背中には脂汗が浮かび上がり、ガタガタと震え始める。

ヴィルフレイは目を細め、その燃え盛る手でグリモの頭を掴んだ。

「――そこを退《ど》け。ぶち殺されたくなかったらな」

炎がより一層大きくなり、グリモは口を噤む。

そしてゆっくり、俺の方を振り向いた。

「お、おい魔人。お前もしかしてまた私たちを裏切る気じゃ……」

俯くグリモにジリエルは問う。

恐怖に染まった顔だ。グリモとヴィルフレイの魔力の質は近い為に攻撃をある程度中和、軽減していたが、代わりに上位の存在から強い影響を受けてしまうのだ。

グリモは一歩、また一歩と俺の方に歩み寄る。

その横を抜けてきた熱気がぶわっと頰を撫でた。

「……俺はよ、ずっとアンタを理解できなかった。あれだけの魔力を持ちながら力を隠し、権力にも興味がなく、好奇心のままに動いては無茶をやって周りを巻き込み、誤魔化す。……なんて勿体無いことを、俺ならもっと上手くやるのに、ってよ」

「グ、グリモ……？」

グリモの告白にジリエルは息を呑む。

「こうして今までついてきたのだって、いつかその身体を奪おうと思っていたからさ。その為に根回しのつもりで世話を焼いてきた。なのにこんな状況で自分の魔力を大幅に減らして俺を助けるなんて、間抜けにも程があるぜ。くくっ、ふははははっ！」

「おぉ、丁度いいじゃねぇかクソグリ。それだけ魔力があればそいつの身体も奪えるだろ？　さっさとそうしてきやがれよ」

大笑いするグリモを見て、ヴィルフレイはニヤニヤしている。

「貴様————っ！　ロイド様を侮辱するのは許さんぞ————っ!!」

「雑魚っちぃ人間なんか見限って、俺の元へ帰ってこい！　俺は器がデケェからよ、さっきの裏切りも数十発ボコ殴るだけで許してやるぜ！」

ヴィルフレイが差し出す手、グリモはそれを握ろうとして——払った。

「な……？」

驚愕の表情を浮かべるヴィルフレイを真っ直ぐ見据え、グリモは言う。

「――だがなぁ、そんなこの人が、魔術にしか興味ねぇこの人が！　こんな俺を助けにきてくれたんだ！　ここで日和《ひよ》ってちゃあ男じゃねぇよなぁぁっ！」

グリモはそう大見得を切ると、俺の方を向き頭を下げる。

「……っつーわけですロイド様。またお世話になりてぇんですが、構いませんかい？」

「もちろんだ。戻ってこい。グリモ」

「へいっ！」

元気よく返事をすると、グリモは俺の掌に戻ってきた。

「おお……私は信じていたぞグリモ！　絶対に戻ってくるとな！」

「……嘘こけクソ天使」

ため息を吐きながらグリモは言葉を続ける。

二人のこんなやりとりもなんだか久しぶりな気がするな。

「……そうか。この俺をマジに裏切るってか」

そんな中、ヴィルフレイがポツリと呟いた。

妙だ。言葉と共に周囲の熱が引いているように感じられる。

引いた熱が集まっている先はヴィルフレイだ。先刻までの真っ赤に燃えていた身体は白く、輝くように発光している。

「な……凄まじいまでの高熱が奴の中心に集まっています！」

「白炎体《びゃくえんたい》！　爆炎体を超えるヴィルフレイの最強形態だ！　先刻までとは比べ物にならねぇ火力ですぜ！」

白く燃えるヴィルフレイが一歩踏み出すと、その高熱で空間が歪む。

先刻まで放出していた熱を身体に留めているのか。

「この俺を呼び捨てとは偉くなったもんだなぁ！　クソグリよぉ！」

「ひっ！　すすす、凄まれたって、ここここ、怖くねーぞ！」

なんて言いつつ引っ込むグリモ。怯え過ぎである。さっきの威勢はどこいった。

「消し飛べオラぁ！」

ヴィルフレイが眩く光る拳を振り上げる。

やたらと大振りの一撃、だが明らかにヤバい。

予感に従い大きく飛んで躱す俺の鼻先に、空気の焦げた匂いが掠める。その直後。

——空間が焼けた。そうとしか表現しようがない程の一撃。

地面は焼け焦げ、遠くの草は枯れ、結界は融解しかけている。

「超高熱の拳はその直線上のあらゆる物を焼き尽くす！　絶対に当たっちゃダメですゼロイド様！」

「あぁ、結界も余裕で貫通しそうだな」

先刻までの炎を一点に集めたような攻撃だ。

今展開している『滝天蓋』ではまさに焼け石に水というところだろう。

「とはいえ対処に困っていたのは先刻までの話だぞ」

グリモが戻った今、魔力不足は解消され、その上三重詠唱も使用可能。防御する手段は山ほどある。

「[redacted]」

詠唱束により発動させるのは水系統大規模魔術『水龍幕《すいりゅうまく》』、それを収束させ俺の周囲に展開する。

とぷん、と水底奥深くに沈んだような感覚の後、ヴィルフレイから放たれていた熱気が完全に断たれた。

「深海に住まう水龍はあらゆる衝撃、特に火気の類いを断絶する。それを模した結界なら確かにあの炎にも効果がある、かもしれませんが……」

「それでもあれだけの魔力を形状変化させた炎だ。いくら大規模結界でも防ぎ切れやせんぜ⁉」

「まぁ任せておけ」

二人にそう言い聞かせ、ヴィルフレイと対峙する。

「ハッ！　水龍如き何度もぶち殺してきたってんだよ！　ンなもんで俺の攻撃を防げるなら、やってみろや！」

咆哮と共に繰り出される拳を、俺は普通に受け止めた。

じゅっ、と音がして僅かな熱気が掌に伝わるが、それもすぐ消えた。

目の前ではヴィルフレイが信じられないといった顔をしている。

「ば、馬鹿な……俺の拳があんな結界如きを破れねぇだと……？」

「破られたさ。十七枚ほどな。大した火力だよ」

種を明かせば単純明快。破られた先から新たに『水龍幕』を張り直しているのだ。

詠唱の長い大規模魔術はどうしても連発出来ないのが欠点だが、グリモが帰ってきたこ

とで『口』が増え、三つの詠唱を同時に行えるようになった。

よって少しタイミングをずらして『水龍幕』の詠唱をすれば、破られた瞬間に新たな『水龍幕』が展開可能。それを連続して行っているのである。

――連環詠唱、タイミングよく詠唱を終わらせることで継ぎ目なく魔術を発動させるという多重詠唱とはまた違った詠唱法だ。


「ぐっ……だが魔力量では俺の方が圧倒的に多いはず。なのにテメェ、どうしてこんな大規模な魔術を連続して撃てやがるんだ⁉」

「敢えて言うなら人の知恵だな」

軍事魔術による効率化、自前の血統魔術による高出力、祭壇《ディガーディア》による大規模魔術……今まで得てきた歴代の魔術師が蓄えてきた知恵。そしてグリモ、ジリエルの力が加わりようやく成立しているのだ。

俺一人ではとても為し得なかっただろう。

「いや、普通は知識と環境があっても実践する力がある人間はいないでしょうが」

「果てなき探求心、先人への敬意。そして圧倒的個の力。これぞロイド様って感じですぜ」

呆れているのやら、それとも褒められているのやら……ともあれ次はそれを攻撃に使わせて貰おう。

ヴィルフレイの拳が緩んだのを見計らい、今度は俺が動く。

炎と化したヴィルフレイにダメージを与えるには、神聖魔術、封印魔術、そして……恐らくアレの効果が高いだろうか。よし試してみよう。


「■■■■、■■■■、■■■■」


三重詠唱の呪文束にて、それを発動させる。

光の弓が生成され、そこに黒白入り混じった矢が番われ……放つ。

ぱぁん！　と破裂音がして、矢が当たった箇所が消滅した。


「な……？」


驚愕するヴィルフレイ、さもあらん。

そもそも魔族には魔術が効かないし、その上炎の魔力体は封印魔術と神聖魔術の効果も薄めるというまさに鉄壁ぶり。

だが最後に混ぜた古代魔術――これは以前グリモが見せてくれたものだが、自身の魔力そのものを増幅、ぶつけるという単純な構造の魔術である。

当時の俺はこの術式を見ていまいち洗練されてないと思ったが、だからこそ古代魔術は純粋な魔力そのもの――すなわち魔人、魔族の放つ攻撃に近い。

これを神聖魔術、封印魔術に混ぜることにより対魔族効果が高くなるよう質を変化させた、というわけである。


「神聖、古代、封印……これらの三種の魔術はどれも個性が強く、使い手も少なすぎてサンプルも碌に存在しない。なのに一発で三重詠唱を成功させちまうとはよ」

「むぅ、詠唱にアレンジを加え、微調整を行っているのですね。即ちそれらの魔術を完璧に自分のモノにしているということ。流石はロイド様です」

確かにこれらの魔術は希少でサンプルも少なかったから半分以上俺のオリジナルになっちゃったんだよなぁ。

だからこうして詠唱を合わせられたわけだが……機会があればこれらの魔術書も読みたいものである。

「如何でしょうロイド様、もはやこの魔術はロイド様独自のモノと言っていい。名前を付けてみては？」

「それなら黒白神牙とかどうですかい？」

「な……白が先に決まっているだろバカ魔人！　せめて白黒神牙にしておけ！」

「あぁん？　響きが最悪だろが！　黒が先だ！」

「白だ！　譲るつもりはないぞ」

睨み合うグリモとジリエル。

……どっちでもいいよ。それなら間を取って灰魔神牙ってことにしておこう。

「むむ……ロイド様がそう仰るなら」

「悪くねぇセンスだと思いやすぜ」

二人は納得したようだ。それにしても俺のオリジナル魔術か。名前とかはどうでもいいが……この魔術を初めて見たのが俺というのは結構嬉しいかもしれないな。

「ぐっ、ワケがわからねぇがこのくらいなら幾らでも再生出来るぜ！」

半分ほどになったヴィルフレイは、自身をもう一度形作ろうとしている。

炎は無形、それ故に再生も余裕というわけか。本当にすごい能力だ。——ただ、残念ながら俺はそこまで想定済みである。

弓には既に、新たな矢が番えられていた。

「な……っ！　あんなデタラメな威力の魔術を連発出来るわけが……っ⁉」

驚愕するヴィルフレイの目に映るのは、次々と生成されている無数の弓矢。

それは各々宙に浮き、ヴィルフレイを狙っていた。

「馬鹿な……馬鹿な馬鹿な馬鹿なぁぁぁっ！　知恵だと？　人間如きがンなもん幾ら蓄えようが、この俺に敵うわけがねぇっ！」

「おおっ、まだ打つ手が何かあるのか。流石は魔軍四天王、次は何を見せてくれるんだ？」

俺は連環詠唱により無数に増え続ける弓矢を構え、期待に胸膨らませながら放つ。

「――灰魔神牙、連環射ち」

「ぐおおおおおおおっ⁉」

絶叫を上げるヴィルフレイの全てを矢が穿ち、消し飛ばしていく。

分散し逃げようとするが無数の矢がそれを許さない。そして数秒後――

「……あれ、終わり？」

辺りを見回すが周囲にはヴィルフレイの欠片、火粉の一片すら残っていない。

ふむ、どうやらヴィルフレイは完全に消滅したようだ。残念、他に手はなかったようである。

ぱきん、ぱきんと割れるような音と共に周囲の風景が崩れ落ちていく。

「術者を倒したからこの空間も消滅してるんですな」

「というか灰魔神牙で元々穴だらけでもありました」

連環詠唱で撃ちまくったからな。

撃ち漏らしたらまた復活してしまうし、効率化していたとはいえあまりに大規模魔術を使い過ぎた。

あれ以上長引いていたら魔力切れを起こしていたかもな。

魔軍四天王か。かなりの強敵だったぞ。


「あの、ロイド様。本当にすんませんでしたぁっ！」

戦いが終わり、グリモが俺の手から離れ頭を下げてくる。

「なんと詫《わ》びていいやら……なんでもしやすんでどうか、どうか勘弁してくだせぇ！」

「ん？　気にしなくていいと言ったろう」

あんなとんでもない魔力に当てられて魔力体であるグリモが逆らえるわけがない。そう考えれば仕方ないことである。

「いやっ！　俺はアンタを裏切ったんだ！　このまま一緒にはいられねぇ。なにかしらの罰を与えてくれねぇとダメだ！」

ひれ伏し土に頭を付けるグリモに俺はため息を返す。

「別に構わないって言ってるんだがな」

「そうは参りませんロイド様！　裏切者には裁きを、そうせねば示しがつかないというものでしょう！」

息を荒らげるジリエル。ふーむ、確かに王族というのは上に立つ者として、下々への手本となる行動をせねばならない、とアルベルトからよく聞かされている。

仕方ないとはいえ一度は裏切ったグリモに何の罰も与えないというのは、本人の為にもよくないか。

「……わかった。とはいえお前があそこでヴィルフレイを裏切ってくれたから勝てたことに違いはない。その分を考慮して、これでいこう」

そう言って俺は中指を折り曲げ、親指で押さえる。所謂《いわゆる》デコピンというやつだ。罰としてはこれくらいが妥当だろう。

「そ、その程度でいいんですかい？　しかし……」

「つべこべ言うな。ほれ行くぞ」

俺は溜めた指の力をグリモの額で弾いた。

パチン、と音がして後方に吹っ飛ぶグリモ。

「おぶっふぅぅぅっ⁉」

何度もバウンドしながら地面を転がり、庭園の壁にぶつかり大きなヒビを入れた所でようやく止まる。

がっくりと項垂《うなだ》れるグリモの額には大きなコブが出来ていた。

……あ、さっきの灰魔神牙の残滓が指に付いていたようだ。

「――ふむ、数千分の一まで弱めた灰魔神牙での仕置きというワケですか。もとより本気で裏切るつもりはなかったのでしょうし、仕置きとしてはあんなものですね。見事な采配でございますロイド様」

「……ってて、頭が割れるかと思ったぜ。だがこの程度で済ませてくれるなんてありがてぇことだ。本来なら殺されても文句は言えねぇ。相変わらず甘っちょろいぜロイド様はよ。……だが、だからこそこっち側に戻ってきて良かった。マジに感謝してるぜ。二度とこんな真似はしねぇ。絶対にだ！」

グリモとジリエルは何やらブツブツ言っている。

よくわからないがどうやら二人とも納得しているみたいだし、別に良いか。

それに──グリモの懐に隠れている木形代、バラバラに砕けたのを繋ぎ合わせたようになっている。

きっとヴィルフレイに砕かれたのを直したんだろう。大事にしていたからな。

あんなものを持ってるってことは最初から裏切るつもりはなかったということである。

そんなグリモに厳しい罰を与えられるはずがない。

「これからもよろしくな。グリモ」

「へいっ！」

元気よく返事するグリモ。いつもの笑顔に俺は頷いて返すのだった。

◆◆◆

「えー、それではお茶会のやり直しってーことで……かんぱーい！」

かぁん、と乾いた音が辺りに鳴り響く。その中心にいるのは第二王女ビルギット。

シルファらはもちろんアルベルトも、それどころか学園の者たち数十人が訪れている。

「……えーと、何故こんなことになったんだっけ？」

前回、ヴィルフレイに茶々を入れられてうやむやになっていたお茶会だが、それをアルベルトに話した翌日に呼び出され、こうなっていたのだ。

というか高級そうな料理やアンティークの食器が並んだ光景はお茶会のレベルを軽く超えている気がする。

「そりゃあ可愛い弟の尻拭いはウチらの仕事やからな」

俺の独り言にビルギットが横から答える。

「先日のお茶会、アンタの主催とはいえ一応はサルーム王族の催しモンや。その失敗は王族としての沽券《こけん》に関わる。こうして盛大にやり直して、悪印象を拭っとく必要があるねん。アルベルトなんかそりゃ張り切ってなぁ。知り合いに声かけて回ったおかげでこんな大ごとになったっちゅーわけや。そないされたらウチかて協力せんわけにはいかんやろ？」

アルベルトが人を集め、ビルギットが色々手配してくれた、ということか。

そうか、俺が開いたとしてもそのお茶会はサルーム王族として恥ずかしくないものでなければならなかったのだ。

本来なら止めたり、しっかりした作法を押し付けてきてもおかしくない。

にもかかわらずアルベルトは俺に緊張させないよう、背中を押してくれていた。

しかもこうして尻拭いまで……ありがたいことである。

「……ま、アルベルトは苦にも思うとらんやろけどな。ロイドが頼ってくれたからには、兄としてそれに応えなければなるまいとかニヤニヤしとったし。全く甘ちゃんにも程があるわ。とはいえ、ウチらがどんだけ手を貸してもロイドにある程度の注目度がないとこうはならん。姉として鼻が高いで。……そして、金にもなるな。でっかい広告塔にして、後々はドラマにキャラグッズ、色々儲《もう》けさせて貰うでぇ。その為にはこのくらいの先行投資、屁《へ》でもないわ。にしし……」

ビルギットが何やらブツブツ言っている。

これだけの会だ、この人もとんでもない額の金を使ってくれたんだよなぁ。感謝せねばならないだろう。……なんか不気味に笑ってるけど、ちょっとキモいとかは思わないでおこう。うん。

「やぁロイド君」

「おう、先日は世話んなったな」

声をかけてきたのはノアだ。隣にはガゼルもいる。

俺は手招きに従い、二人のいる物陰へと向かった。

「二人とも大事なさそうでよかったよ」

「お陰様でね。しかしあんな力を隠しているとは、君も人が悪い」

「兄貴に同意だな。まぁ目立ちたくねぇってのは分かるがよ。限度はあると思うぜ？……勿論他言はしてねぇけどな」

「あはは……それならいいけど」

あの後、外へ出た俺は呆然と空を見上げる二人の前に降り立った。

根掘り葉掘りと聞かれそうだったところをジリエルが収めてくれたのである。

グリモにすごいドヤ顔をしていた。いや、実際ありがたかったけれども。

「それにしてもこんな立派な会を開いてくれて、本当にありがとう。心から感謝するよ」

「俺らを仲良くさせようとしてたんだろう？　ったくそんなことでよくこんな大仕掛けをしたモンだぜ」

……そういえば最初はそんな目的だった気がする。二人の仲を良くして両組織に所属して始祖の術式を探ろうとしてたのだが、完全に忘れてたぞ。

ていうか目的の封印魔術はもう見せて貰ったから、このお茶会は俺にとっては既に何の意味もないんだよな。

むしろ今となっては自由な時間が減るし、生徒会に所属しても得るものはない。かと言って今更断り難いなぁ。適当に誤魔化せないものか。

「まぁお前さんの目論み通り、俺らは仲良くなったわけだ。……そういや兄貴、俺らロイドのことで何か争ってなかったっけ？」

「どちらの組織に彼を入れるかで揉《も》めていただろう」

「おう、そうだそうだ」

うっ、思い出されてしまったぞ。

仕方ない、ここは頭を下げてなかったことにしてもらうしかないか。


「え、えーっと、実はだね……」

「すまないっ！」

俺が謝ろうとするその直前、二人が一様に頭を下げてきた。

なんだなんだ一体どうした。戸惑う俺に二人は続ける。


「あれから話し合ったんだが、我々二人とも君を従えられるような器は持ち合わせていない」

「自分たちの未熟さを思い知らされたぜ。辞めるのも考えたがそうもいかねぇ。俺らもそれなりの立場だからよ」

「うむ、故にこうすることにした」

二人は目くばせし合った後、俺の前に跪《ひざまず》いてくる。

「ふ、二人とも⁉」

「ノア＝ボルドー、今この時よりあなたの下へ就くことをここに誓います」

「ガゼル＝ボルドーも同じくだ。何かあったらなんでも言ってくれ！」

突然の行動に困惑していると、グリモとジリエルが顔を出す。

「あの凄まじい戦いを見せつけられればこうなるのは自明の理と言えるでしょう。よろしいのではありませんか？　ロイド様」

「この二人は学園でも顔利きですし、何をするにもやり易くなると思いやすぜロイド様」

……ふむ、グリモとジリエルの言う通りかもな。

まだまだ学園で学ぶことはあるだろうし、二人の協力があればその機会も得やすいだろう。

それにだ。よく考えたら二人にしか頼めないこともあるな。

「わかった。そういうことなら頼むよ二人とも。……ところで、見せて欲しいものがあるんだけれど」

首を傾げる二人に俺は言う——

◇◇◇

「おおー！　これはすごいぞ。なるほどあの封印魔術、こんな術式になっていたのか。面白いことを考える。流石魔術師の祖だなぁ」

ワクワクしながら頁《ページ》を捲《めく》り続ける俺の手にあるのは、ウィリアムが記したという封印魔術の魔術書である。

その原本十数冊を部屋で読み込んでいた。

「つーかロイド様は自前でも封印魔術は使えるんだし、今更じゃねーですかい？」

「何を言う。俺のは殆ど想像で補ったオリジナルだ。見た目は似てても全くの別物だよ」

「それはそれで十分すごいと思いますが……」

効果が同じだとしても、原本を読めばより多くの発見がある。それを知るのが楽しいのだ。いやぁ、二人が快く貸してくれてよかったよかった。

「いやいや、相当渋っていやしたぜ……」

「ロイド様のゴリ押しに根負けしたようですが……」

そうだったかな？　昔のことは憶えてないなぁ。

しかし大昔の魔術なはずなのに、今見ても全く色褪《いろあ》せてない。これがウィリアム＝ボルドーの術式か。あのヴィルフレイを倒しただけはあるな。

「……ん、そういえばあいつ、魔軍四天王とか言ってたな。てことは他にもいるんだろうか」

「ええ、翠《みどり》のガンジート＝ジルガーディ、蒼《あお》のシェラハ＝ベイルブルー、黒のゼン＝ディークロウ……いずれも魔界に名を轟《とどろ》かせた猛者《もさ》ばかりでさ。ヴィルフレイが復活してるってことは連中もどこかに潜んでいる可能性は高《たけ》ぇでしょう。そう遠くないうちに相まみえるかも、ですぜ」

「なぁに、ロイド様ならなんの問題もないでしょう！　ロイド様の作り上げた灰魔神牙、とてつもない威力でした！　あれさえあれば恐るるに足りずでございます！」

「ハッ、のんきだねぇクソ天使」

「バカ魔人のくせにビビリだな」

二人が何やら言い争っているが……ほほう、あんな連中がまだ三人もいるのか。

ということは灰魔神牙をまた試す機会があるわけだ。折角作ったのに、あのまま埃《ほこり》を被せてしまうのは勿体無いと思っていたところである。

「……しかし本当に連中が復活しているとしたら、何故こうして身を潜めているんだ？ウィリアムの血筋を警戒してたにしても、あまりに静かすぎる。何か他に目的があるのか？　いやしかし……」

グリモが何やらブツブツ言っているが、そんな連中と戦う機会があるならむしろ大歓迎である。

必要は発明の母とも言うし、また新しい魔術も作れるかもな。そしてそれにはもう一つ、欠かせないものがある。

「ロイドーっ！　お客さんだよー！」

突如、レンが部屋の扉を叩く。

「お邪魔します」

共に入ってきたのはコニーだ。俺が呼び出したのである。

「やぁよく来てくれた。実は面白い本が手に入ってね、是非一緒に読まないかと思ったんだ」

「それはそれは……っ⁉　こ、これはウィリアム＝ボルドーの魔術書⁉　しかも原本が何冊も……一体これをどこで⁉」

「悪いけど出所は口外してはいけないことになってるんだ。でも読みたいだろ？」

る。

「勿論っ！」

コクコクと何度も頷くコニー、俺の勧めるがまま椅子に座ると、貪るように読書を始める。

そう、もう一つ必要なものとは知識を共有する仲間。

知識はより多くの者と共有することで、各々に新たな閃《ひらめ》きと進化を促すのだ。

魔道具作りや術式に造詣があるコニーがこの本を読めば、俺とはまた違った解釈を得られるだろう。そんな彼女と議論を交わせば、俺もより深い知識を得られるというわけである。

「もう自分の世界に入り込んじゃったね。ロイド、よかったらお茶を淹れてこようか？」

「ありがとう。ところでレンもどうだ？」

「あはは……ちょっとだけ読んでみたけど、ボクには難し過ぎたよ」

レンはそう言って部屋を出て行く。

うーむ、魔術師でないレンならではの話も聞きたかったんだけれどな。

とはいえレンは優秀だ。教えればある程度は理解出来るだろうし、今度みっちり読ませよう。

まだまだ学園生活は始まったばかりだし、これからも色々と楽しもうじゃないか。

◆◆◆

時は少し遡る。ロイドとヴィルフレイの戦いを三人の男女が水晶を通して見ていた。

決着、そして消滅していくヴィルフレイを見て、三人は一様に深刻な顔をしている。


「奴が人間、しかもあんな子供に負けるとは……とても信じられんな」

「えぇ、ヴィルフは確かに下級貴族の出身。魔軍四天王でも最弱を自称していたけど、その実力は私たちと大差ないわ。にもかかわらずあそこまで一方的にやられるとはねぇ」

「かのウィリアム＝ボルドーの再来、いやそれ以上かもしれんの。我ら三人がかりでも敵わんだろうな。白旗でも揚げとくか？　はっはっは」

声とは裏腹に、誰も笑っていなかった。

「……真面目な話、あの小僧とことを構えるのは気が進まんな。とはいえ白旗も揚げられぬ、人と魔族は相いれぬ存在だ」

「となれば私たちの存在を気取られる前に、目的を遂行するしかないかしらね」

「だのう。即ち我らが主、魔王様の復活――」

男が水晶に手をかざすと、そこに映っていた景色が変わっていく。

新たに映し出されたのは学園の生徒、コニーであった。

あとがき

第七王子六巻、読んで下さりありがとうございます。

今回は初の前後編ということで、如何《いかが》だったでしょうか。

割と久しぶりに魔族が登場しましたね。魔族って便利な存在なんですけど、第七王子では相当な強さに設定しているので逆に中々出せないんですよね。

半端な強さじゃ出す意味がないので。だから今回のヴィルフレイはかなりの強さにしたつもりです。

結構お気に入りのいいキャラになってくれたかなーと思います。こういうチンピラキャラ好きなんですよね。一見小物っぽいけど、戦ってみたら実はめちゃ強いとか最高です。

まぁロイド君はあっさりその上をいくわけですが。中々手に負えない強さになってきたので、最近は敵を出すのに一苦労です……いや、後半は更にヤバくなるんですけども。

主人公をどこまで強く書けるか、というのを念頭において書いている本作ですが、小説ということもあってあまり他キャラを活躍させられないんですよね。

やはり主人公を追っていかないと、面白くしにくいんですよ。

いや、やりようはあるのかもしれませんが自分にはちょっと無理かな。

幸いコミカライズ担当の石沢さんが色々なキャラを活躍させるのがとても上手い方で、

本編で活躍させせきれないキャラを使って下さっているのでとても嬉しいです。

おかげで本編の出番が増えたキャラもいるんですよ。バビロンとかシルファとか。これからもどんどん使ってほしいですね。

まぁ本編の話はこのくらいにして――第七王子、ついにアニメ化します。

待って下さっていた方や、やはりな、と思った方も多かったのではないでしょうか。

もちろん自分も楽しみで、早く声がついてキャラが動くのが見たいなぁとワクワクしておりました。

メル。さんや石沢さん、読者の皆さんには感謝の言葉しかないです。ホント。

アニメに関しては原作者として出来上がったものにはしっかり目を通して、意見を述べさせて貰っております。

といってもシナリオ以外はほぼ何も言ってませんが。それは言う必要がないくらい素晴らしい出来ということです。

読者の皆様は期待以上のものが見られると思いますよ！

作者としては足を引っ張らないよう、力の限りやるだけですね。

とにかくこれからも良いものを絞り出していこうと思うので、お付き合い頂けると幸いです。

それでは次の巻でお会いしましょう。

講談社ラノベ文庫

転生《てんせい》したら第七王子《だいななおうじ》だったので、気《き》ままに魔術《まじゅつ》を極《きわ》めます6

謙虚《けんきょ》なサークル

2022年11月30日第1刷発行

発行者	森田浩章
発行所	株式会社　講談社 〒112-8001 東京都文京区音羽2-12-21
電話	出版　(03)5395-3715 販売　(03)5395-3608 業務　(03)5395-3603
デザイン	AFTERGLOW
本文データ制作	講談社デジタル製作
印刷所	株式会社ＫＰＳプロダクツ
製本所	株式会社フォーネット社

KODANSHA

ISBN978-4-06-530455-6　N.D.C.913　293p　15㎝
定価はカバーに表示してあります

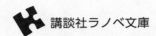